铜仁市文艺创作扶持基金资助项目

向日短行

崔晓琳 著

春风文艺出版社
·沈阳·

图书在版编目（CIP）数据

白日短行 / 崔晓琳著. —沈阳：春风文艺出版社，2023.12
ISBN 978-7-5313-6644-7

Ⅰ.①白… Ⅱ.①崔… Ⅲ.①短篇小说—小说集—中国—当代 Ⅳ.①I247.7

中国国家版本馆CIP数据核字（2023）第246309号

春风文艺出版社出版发行
沈阳市和平区十一纬路25号　邮编：110003
辽宁新华印务有限公司印刷

责任编辑：姚宏越	责任校对：陈　杰
装帧设计：黄　宇	幅面尺寸：145mm × 210mm
字　　数：150千字	印　张：7
版　　次：2023年12月第1版	印　次：2023年12月第1次
书　　号：ISBN 978-7-5313-6644-7	
定　　价：50.00元	

版权专有　侵权必究　举报电话：024-23284391
如有质量问题，请拨打电话：024-23284384

目录

时间的缝隙 —— 001

白日短行 —— 018

苦茶 —— 038

雾坨 —— 057

你的对面 —— 076

郁金香和茉莉花 —— 111

忽然之间 —— 128

最后的拥抱 —— 151

他的样子 —— 168

麻巷子 —— 193

时间的缝隙

如果不是要填简历她大约不会察觉到在这个岗位上她已经待了差不多三十年。

她要填的是先进工作者推荐表，简历只是附带的，是需要而不重要的，像极了她在单位里的处境，一个无足轻重却又不可或缺的物资管理员。她对着电脑，眼见着几十年的光阴落在简历上不过一行半尺长的文字，沮丧极了。

表填好了吗？赶紧发过来。局办的那位小姑娘在电话里又催了一次，全然不会想到她竟然主次颠倒，困在了简历当中。她含混地应着，一点没有当选先进的欣喜，单位里的先进人选历来都是生产技术人员，她疑心这张表只是为了让她看到自己单调乏味的人生而出现，充满了嘲弄。电话挂断后，她把面前的监控视频挨个看了一遍，在电脑上又查了一下物流，顺便还翻了下自己当日的工作计划，她希望自己手上有一大把的事要做，那些事，若是平时，会耗费她不少体力和口舌，现在，却是能助她逃脱"三十年"这个旋涡的良方妙计。

如她所愿，要做的事本就一大把。半小时后会陆续有两个施工队来领取材料,她得按照他们报送的清单准确地找到所需的材料,清点数量,办理出库手续。她希望施工队早一点来,这样就能在充满金属气味、略带寒气的库房里,在那些她熟悉得不能再熟悉的货架间,去看清已经掉入深渊的时光,去找到自己的青春印记。

窗外安静极了,几乎看不到一个人影。她所在的这座仓库位于工业园区的北面,距县城四公里,是她参加工作以来搬迁的第三个仓库,也是园区内目前唯一投入使用的建筑。每天上班,她都会有一个错觉,以为穿越到了一个仅有她一人知晓的地界,需独自去完成特殊的、神秘的使命。她还记得第一个仓库的样子,是在一个废弃的篮球场上搭建的,连着一个小院,大件的、急需拉走的货物多摆在院里,小件的摆在库房里,库房内仅有六排货架,跟当时电网建设的速度基本能够匹配。库房的左侧有一排红墙瓦房,分别是办公室、休息室、厨房和卫生间。那一年的新员工有五个,三男两女,除了她,都分到了偏远的电站、变电站。在得知大家的去向时,她隐约有些不安,对那几张同样年轻的面孔深感歉意。当然,更多的是窃喜,为自己不用舟车劳顿、不用上夜班而庆幸,她对物资管理员这个岗位满意极了。那个时候,她还是个小姑娘,带她的师傅是个临近退休的男人,矮矮的、很胖。你不该来这里呀。上班的第一天,师傅就皱着眉,给她泼了盆冷水。她原本是欣喜的,师傅的一句话,令她眉眼里的笑意渐渐淡去,她像个突然被告知犯了错，等待接受惩罚的小孩儿。屏住呼吸跟着师傅推开锈迹斑斑的铁门，库房里的货架上那些大小不一、形状各异的金具材料，摆着副不近人情的冷面孔，四周的墙壁是暗灰色的，窗户的玻璃也多有破损，屋顶上悬着的几盏大灯泡格外努力地散发着光亮，师傅的脚步带着腰间的钥匙，发出有节奏的声响，她每走一步，都觉得像在下坠，像是跌入了另一个时空。这些，你都得认清楚了，得记住这些材料的大小、型号和摆放的位置，别等人来领材料时，手忙脚乱的给发错了，增加运输费不说，还会误了工期。管仓库可不是个闲差事，你的脑子里得时刻绷着根弦，得耳清目明，防盗防丢。师傅头也不回地念叨着，声音冷冷的，她竖着耳朵，一字不漏地记了下来。

师傅爱喝酒，午休前常常会喝两盅，对于她这个关门女弟子不能对饮小酌有些许遗憾。没有工作的时候，他就靠在一把油亮发光的竹躺椅上，一手握着酒盅一手捏着几颗花生米，半眯着眼睛，滋味悠长的样子。她在院里来回走着，实在无趣，就把小院清扫一回。办公室里边有间休息室，去吧，自己把门锁上，睡一会儿。师傅到底忍不住开了口，黝黑的脸上难掩失望和落寞，可能原以为退休前还能带个小子，能带着喝点小酒，找点乐趣，谁想，喝闷酒不说，连休息室也得贡献出来。她有些难为情，怯生生地往里走，推开休息室的门，室内很整洁，靠窗处放着一张木板床，簇新的床单和被子盛开着牡丹，显得格外夺目。她心里一热，知道师傅不是讨厌她，而是讨厌这乏味的工作竟然到最后也没留下一点转机。

可惜,她是真学不会喝酒,那东西辣喉咙,她受不了。有个中午她是诚心陪师傅喝酒的,她准备了半只卤鸭和一碟卤花生米,又给自己找了个小杯,壮着胆倒了小半杯酒。师傅显然是惊着了,看着她,瞪着眼睛说不出话来。师傅,都说女人天生半斤酒,我陪你喝。她穿着工装,故意说得很大声。师傅还是一脸问号,拿着酒盅犹豫着。她一急,我先干为敬。仰脖,半杯酒下去,像是被烈焰灼烧,喉咙、心口都疼得要命,她弓着身子,呛得像只煮熟了的虾。哈哈哈,你这个姑娘,啃你的卤鸭子吧,这酒,我自个儿还嫌少呢,你可别来瓜分。师傅夺过她的酒杯,笑得眼泪都出来了。她连喝了几杯凉开水才觉得好了些,也跟着傻笑起来,她知道那一刻起,师傅跟她不生分了。

跟师傅熟悉起来,自然跟那些灰扑扑的电线杆、笨重的变压器和零零碎碎的各种金具材料也熟悉起来。她算不得聪明,但好在有足够的耐心,反复地比对、默记,甚而还想出了一个笨办法,将那些材料画下来,对照铭牌标注清楚。她在高中时学过两年素描,那点底子已经够用,当然,时间也不缺,如果当日没有货物到,又恰好没有人来领材料时,她基本可以安安静静地画上一阵子。那些设备、材料摆在院里、库房的货架上,无一不是拒人千里的样子,但在她的画册里,却精致巧妙、干净细腻、明暗有度,呈现了几何体独特的艺术美感。通过画画她更加清楚地看到那些同种材料、不同型号之间的微妙。师傅偶尔也会凑过来看看，提醒她各种设备的特征。她能感觉到师傅的赞许，但其间又夹着一些失落，颇有点英雄无用武之地的感觉。这种教学大约不是师傅想要的，师傅要的是走到设备前，把它的特征、它所匹配的材料、适于安装的地点、电压等级一一罗列出来，师傅有过多年的外线经验，只因贪杯才到了仓库，当然这是后来听到的闲话了。总之，她还是没能成为师傅喜欢的徒弟。师傅退休的前一天中午，她记得很清楚，来了两个施工队拉材料，两台二十多吨的大卡车，要拉走十台变压器和一些辅助材料。大件的东西她不怕丢，就是搬上车了，也还来得及清点，但那些小的诸如线夹、螺丝她怕发错了型号，也怕工人们顺手牵羊，如是以往，师傅跟她各负责一个施工队，一点也不用急，可那天师傅窝在厨房里根本就没出来，她对着领料清单跟着工人们在库房里来回跑了不知有多少趟，总算归置清楚，办好了出库手续。她累得满头大汗，心里都有些许抱怨了，躺在师傅的竹椅上，一动也不愿动。师傅做好了饭，端到院里的小桌上，炸小鱼、凉拌皮蛋、酸菜煮油渣，还有一碗折耳根辣椒，真是香得没道理。来，吃饭了。师傅将饭端到她面前。刚刚那点委屈早已荡然无存，她赶紧起身让座，为师傅斟上酒。你也喝点吧。师傅拿过一个小杯，要她也斟上。喝吧，这日子长着呢。一杯酒下去，话就密了，你要记得错开入库、出库的时间，也别让施工队扎堆来。中午休息的时候，记得把大院的门给锁上。师傅有些絮叨，酒喝得也有些急，看上去说不上喜悦，也不像难过的样子，但她总觉得跟平时不太一样。那天以后，师傅便再没来过仓库。

她画的那本册子，在她调到第二个仓库时有了新的主人。那个时候全县的农网建设刚刚兴起，一个物资仓库已经无法满足，单位在城郊又租用了一间。来跟她办理工作交接的是一位老大姐，黑着脸，一直在叫屈，控诉着领导的不公，觉得自己从机关调来仓库不够体面。她有些无措，不知如何安慰。单位于她而言是陌生的，只是一串串电话号码，是一本定期有进账的存折。她很难想象这位大姐之前在单位的机关里做的是什么工作，跟在仓库相比，又会有怎样的优越。她说，要不先熟悉一下环境吧，这里边是休息室，中午的时候，如果没有要紧的工作，可以把院门锁上，休息一下。她边说边推开休息室的门，她希望自己前一天的劳作能给大姐带来一些慰藉，地面光洁如镜，床上铺着她在商场里精心挑选的被子和床单，窗台上还有一盆她养了三年的茉莉。她像接受检阅的士兵一样心怀忐忑地看着大姐。这跟那些看大门的保安有什么区别，这叫什么工作嘛，睡？我哪里睡得着，我这真不知是得罪了哪个神圣，会被打整到这里来了。大姐依旧丧着个脸，也不看她，独自沉浸在自己的悲伤中。她一下子就傻了，也替自己觉得寒碜，原来这个曾让她心怀感恩的岗位在别人眼里如此不堪。她悄悄地退出了休息室，在办公室的工作交接单上落下自己的名字。她的私人物品不多,一早就收拾进了一个纸箱里,她几乎没怎么想,就把那本画册从纸箱里翻了出来,整齐地摆在工作交接单上。转身离开时,她有些黯然,她从未想过她甚至都做不到像师傅那样离开,在这个仓库,她一句话也留不下。

第二个仓库虽环境好了很多,但离家却更远了些。她对于这个仓库而言,像是一个开创者,没有师傅的影子,要独自应对空旷、乏味的日子。因为大姐的出现她心里也隐隐有些动摇,她已经意识到自己好比是流放到边境的孤军,工作上与人的联系永远只在一条线上,由下而上地报需求,由上而下地发材料。别说领导,就是跟其他工种的同事一年到头都难打上照面。很多时候,她觉得仓库像片深海,她用尽全力,都游不到对岸。那会儿,她刚处了对象,对方在政府工作,少言、温厚,很愿意听她讲她的困惑。太静了,有时候都会觉得自己在仓库里,跟一根电线杆、一台变压器没有分别;长期一个人待在仓库,我都没有可以约着逛街的同事;如果没有材料进出库,我在仓库一整天见不到一个人说不上一句话;大约,在单位里除了物资管理中心的几位同事,没有人知道我的存在。她絮叨着,眼睛里像长满了杂草,遮住了本有的明亮。可是你也会因此少了人际交往中的一些烦恼哇,这世间的一切都有潜在的公平,有得必有失。男人爱怜地看着她。这样说似乎也对,同学聚会时听到的那些同事间的明争暗斗,她也觉得不可思议极了,根本不知道该如何接话。结婚几乎是顺理成章的事,她不是贪婪的人，浓烈而安稳的情感，抚平了她心里刚刚兴起的一点皱褶。她重新去修复与仓库之间的关系，她对自己说：要像从前一样把拥有这份工作视作幸运。她不是孤军，她是这座县城成百上千的电力建设工作者中的其中一员，她的存在直接与一座座变电站的建成和一条条输电线路的投运有关，她是真正的幕后英雄。这样想，她自己都有些感动。

很快孩子出生，生活节奏彻底打乱，休完产假后，她更是再不敢有调离仓库的念头。她和丈夫的父母都在农村，家里兄妹多，根本顾不过来，只能请保姆带孩子。仓库没有人盯着，还有休息室、有厨房，已然成了她的第二个家。她不用在奶涨时狼狈地往厕所里跑，不用担心孩子没见着妈妈而哭得天昏地暗。她的工作从某种意义上来说，关照、庇护了她。那段日子忙碌而又幸福，她觉得自己从孤军变成了国王，站在院里，目之所及的地方都是她的，办公室里的监控视频是她的耳目亲信，方方正正的变压器是她坚守城门的重兵，电缆、瓷瓶、线夹这些都是她的文武百官，供她调遣。除此之外，她的小公主在休息室里睡得很香甜，保姆是远房的表姐，坐在一旁做点针线，不时跟她搭搭话，聊点家常，窗外的桂花暗送芬芳，偶尔一只小鸟飞过院外的大槐树，也不忘丢几声鸟鸣。她想，太平盛世的国君，大约也不过如此，国泰、民安，一切顺遂。

孩子进了幼儿园后，她又回到了从前，仓库又成了仓库，她每日穿梭其间，要干的工作，几乎是准时准点在进行，她像具一丝不苟的机械。除了孩子日渐长大的身体,时间几乎未留下任何行迹。晚上把孩子哄睡着后,她很乐意听丈夫聊聊白日的情形,她循循善诱、不断开启聊天的新领域,颇有点求学若渴的意思,丈夫难免会说起单位的事,领导们在市里开会挨了批,昨儿回来连续开了两天会跟大伙撒气。她瞪大了眼睛,怎么撒气?直接开黄腔骂人呗。丈夫敲了下她的脑袋。她很惊讶,在她的经验中,领导只会出现在文件上,又或是年底的慰问照片里,就是她的顶头上司,她也很难见上一面,她想象不出这些人发起火来的样子。那有人私下提醒过他们吗?领导呢,骂人总不应该吧。她有些担忧的样子。你傻呀,谁会去说,想穿小鞋吗?你不知道有一条工作上的万用定律?领导永远是对的。丈夫说完,便大笑起来,笑她的单纯、简单从未改变。她自己也不好意思地笑起来,有些沮丧和难以言说的伤感。她扭过头去,假装睡着,假装没有发现和丈夫交流上的断点,这不是第一次了,当然也不是最后一次。她知道症结在哪里,每日早出晚归,长期与设备打交道,很多人情世故她根本不懂。她重新审视自己的生活,仓库,竟比婚姻更早让人厌倦。最终让她决定要做些努力的是一个看上去很平常的日子。是冬天,头一晚打了霜,地上很滑。她出门早,车骑得很慢,过了城内最后一个红绿灯时,路上几乎再难见到人了。在一个转弯处,轮胎打滑,她摔倒在地。她的头发、衣服、裤子上全是泥浆,手背剐了个血口,半个身子都是木的。挂在摩托车上的一小袋米撒了一地，青菜、肉、西红柿滚下了坡。四周连求助的人也没有，过了好一会儿，她忍着疼痛把车扶起来，摇摇晃晃地推着走到了仓库。她找来酒精擦洗手背上的伤口，用纱布给包扎起来。卫生间的镜子里，她的狼狈毫无保留。擦净头发，换上工装，把电烤炉插上，她抱着被子靠在办公室的沙发上，面色苍白，像个病人。中午的时候，她在厨房里翻腾了许久，只找到了半碗臊子，一袋盐，一小束面条，锅里加上水，她傻愣了半天，却没有点上火，重又回到了沙发。她整理这一月收到的物资需求清单，打算汇总上报，眼睛落在清单上项目负责人签字栏里，便立时呆住了。跟她一同参加工作的同事，那一年除了她，另外的一个女孩儿，竟然从电站的运行员变成了电网项目的负责人。她震惊极了，瞪大了眼睛仔仔细细地看了下清单上的工程项目，实在难以将庞大的、复杂的输电线路工程跟那位女孩儿联系在一起。她还记得那位女孩儿当初的样子，瘦小，朴素，拿着入职通知单，低着头，很羞怯的样子，像一株雏菊，路边的草丛中最不起眼的那一株。但那又如何，即便是雏菊，如是想要去拥抱春天，谁又会阻拦？她忽然觉得自己真是可笑哇，怎么就容忍了自己近十年来不曾有任何的长进，怎么就舍得将青春都留在了仓库。

　　她决定为自己做番努力，恰好平素跟她对接工作的仓库主管，好几次在电话里提到了自己的年龄和退休后的打算，她希望能接任这个岗位。她认认真真地梳理了仓库管理的流程、细节，将存在的一些问题和建议写成报告。四页A4纸，写得满满的。睡觉前她请丈夫看了一遍。你这是？丈夫有些疑惑。我想让我的领导知道，我可以把工作做得更好。她咬着嘴唇，用尽全力的样子。挺好的，找个时间当面简要地汇报，再呈上这个，更庄重一些。丈夫给出建议。她点了点头，想象那位像雏菊一样的女孩儿一定也有过这样的时刻，汇集能量的同时，还不得已去主动向别人兜售自己的好。如何去说呢？她辗转反侧。钱主任，我在仓库工作了这么些年，对仓库管理整理了一些自己的想法和建议，请您指点。这样说，还算得体。但确定钱主任不会给惊住，不会瞪大了眼睛看着她，一句话也说不出来？又或是看也不看她，直接懒洋洋地回一句：爱岗敬业，挺好哇，仓库可就需要你这样的人。那她又如何是好？她想要表明的不过是她积极向上的工作态度，和拥有管理所有的仓库的能力，这总比要求调离仓库更容易让领导接受，也算是曲线救国。

一天也等不了，第二天一大早她就朝局里去。才走到门口，就被保安拦下了。你哪里的？找谁？什么事？保安虎着个脸。我是这单位的员工，在仓库工作。她解释。没见过你。保安用看小偷的眼光打量着她。我的工装都在仓库里，我是来单位跟物资管理中心的钱主任汇报工作的。她有些懊恼，扯了扯自己的衣服。旁边陆续有人走过，穿着工装，腰杆挺得笔直，看她的眼神里充满了冷漠和怀疑。没有人认识她，更没有人来证明她的身份，她像一头闯入圈栏的愚蠢的野畜。万般无奈，她打了电话给钱主任，保安总算给放了行。积蓄多日的勇气瞬间坍塌，工作近二十年仍未找到应有的归属感，羞辱、委屈，在无人的电梯里，眼泪再难以收服。汇报什么工作？这个时间你应该在仓库才对，你现在可是叫擅离职守。钱主任见着她，一脸愠色，毫不客气。她好不容易收住眼泪，平复了情绪，立在办公室门口进退两难。是物流把材料给弄丢了啦，还是仓库被盗啦？钱主任一点不给她喘息的机会。她努力镇定了一下，拿出自己写的报告，我在仓库工作了近十年，我热爱这份工作，对仓库管理也有一些想法和建议，请您指点。她说得不卑不亢，钱主任顶着个大肚子，愣了几秒，随即莫名其妙地笑了。挺好的，我收着，你赶紧回仓库吧，要是座机无人接听，施工队被关在门外，领不到材料，可就麻烦了。这样的对白，她不能确定钱主任对这件事情的态度。晚上回去跟丈夫说起时，心里已经泄气。我这样做很可笑吗？她问。不可笑，只是应该更早些、更积极些才好，当然现在也不晚，等等看嘛。丈夫安慰她。可很多年过去，她终究啥也没等来。

她记得就是在那天过后不久，电话里跟她对接工作的仓库主管就变成了一位年轻的姑娘。继而，又听说这位姑娘是个大学生，才貌双全，在市局组织的物资管理技能比赛中获了金奖。她不得不承认自己毫无竞争力可言，败得理所当然，而时间又快到已经给不了她任何反驳和证明的机会。有一阵子，她几乎不想听到任何与单位有关的信息,她害怕她在大厅里被保安拦下、她在钱主任面前的自不量力已经成为众多同事的笑谈。晚上与丈夫聊天的习惯也被简化,因为她同样害怕聊天中出现断点,她把聊天的内容锁定在家里的日常生活,锁定在老人、孩子身上,她绝不允许丈夫擅自逾越,任何以单位、同事开头的话题都以无尽的沉默相对。所幸孩子进了小学,分走了她工作之余的所有精力,她安慰自己,女人最大的幸福来自家庭,而不是工作。

她已经不想再为自己做任何努力和争取。之后,有一年,机会莫名降临。上面下发了一份文件,明确要求在同一岗位上工作不得超过六年,要在全局范围对类似人员进行清理和转岗。也就是说按照规定,即便她想留在仓库也是不允许的了。那么,她当然再不会傻乎乎地去找领导诉求,就安心地等吧。那段时间,她心情豁然开朗,她想无论调整到哪里都是新生,她都乐意去从零开始。她甚至暗自祈祷,能调到一个女同事多的部门,在一个大大的办公室,每一个格子间里都有一个性格迥异的女人,工作累的时候,彼此分享零食;闲的时候,又凑在一起绘声绘色地聊点八卦;或者,就算不济,有那么一两个个性鲜明的、不懂包容的女同事,会起争端,会斗智斗勇,但这不是也能让她长点见识、补一堂职场的必修课吗?她的工龄已经二十年了,相比从前,因为有了网络,有了办公自动化平台、文件、信息都能及时查看,她能感觉到单位这个集体了。

她密切关注着人事信息，陆续地看到很多同事调整去了新的岗位，总以为下一个就是自己，而半年过去，却再不见转岗的文件，她在仓库依然稳如泰山。她怎么就成了特例？难道没有人察觉她在仓库都已工作了二十年？就算所有人都忘记了她，可电脑不会呀，人力资源系统里对于条件不符合逻辑的难道就不会有提示？她不信。她心里憋着口气，想着应该去单位里问问，不找钱主任，她要找就找书记、找局长。她不求人，只想问个清楚，要个公平。她去单位的那天，恰好赶上中秋节，头一晚单位的QQ群里工会的同事就通知月饼已发放到部门，让大家各自到部门领取。书记和局长都在开会，她想着去趟物资管理中心吧，去坐坐，顺带领取月饼。她到物资管理中心时，同事们正围着签字领月饼，没有人发现她，她坐到门口的沙发上安静地等候。少顷，钱主任从外面进来，看到她，表情有些奇怪。我来领月饼的。她兀自解释。哦，哪个，唉，要不你出来一下。钱主任抓耳挠腮、欲说还休。她随他走到走廊里。人力资源部没通知你吗？你的月饼去物业管理部领。物业部？为啥？她难以置信。这个嘛，人力资源部可以给你解释。钱主任微笑着，两手一摊，故作抱歉的样子。她心里有很多假设，很多问号，但绝不包括眼下的情形。

　　姐，是这样的，你在仓库工作已经超过了六年。人力资源部的王主任得知她的姓名后，一副了然于心的样子。

　　岂止六年，我在仓库工作二十年零三个月八天了。

按照规定，你是必须要轮岗的。王主任推心置腹。

可不是嘛，我正等着呀。

领导们很关注，党委会上，对你的工作还专门进行了讨论。调整到机关吧，你的学历、业务水平、学习能力都让人担忧；去供电所吧，你现在这个年纪再去走乡串寨地收电费、搞维护，确实又不够体谅；物业部其实很适合，可又要上晚班，怕你吃不消。所以领导们决定，让你继续留在仓库，干你的老本行。王主任娓娓道来，所言无不是为她设身处地着想，她竟无言以对。

为了两全其美，现在在系统里，你的编制是在物业部，但你实际的工作仍然是在仓库。王主任像魔术师一样，进行了最后的解谜。

她欲哭无泪，还能说啥？满腹的委屈只能变成感恩戴德才显得合情合理，可这不是她想说的。找书记、找局长，除了这番陈词，又还能有何所得。她坐在王主任的对面，呆若木鸡。办公室不断有人进出，各种声音充斥，不同情绪相互交织，这个世界一直在不停变换，而唯独她，不在其中。

丈夫不能给予她任何帮助，好在宽慰不需要资本。其实挺好的，在仓库，你得心应手，不必大把年纪了还看人脸色，从头学习。她不回应，也不看丈夫，眼睛落在窗外。对面正修建的高楼已经挡住了一部分正午的阳光，她使劲回忆是什么被高楼取代了。是那所破旧的实验小学？还是那条像蜘蛛网一样的巷子？她摇了摇头，谁知道呢，时光常常猝不及防，冷不丁地就直接给了答案。

眼下的这个仓库建成后，她便调了过来，一直待到如今。这个仓库的占地面积是之前两个仓库加起来的两倍，但离县城更远了。她已经没有任何怨言了，从前师傅坐的那把竹椅她一直带着，摆在仓库的小院里，不忙的时候，半躺着，用整个下午的时光去看一片云彩。偶尔，她会想起当初在单位的新员工座谈会上的情形，领导郑重地宣布他们各自的去向，她内心的满足、感恩、骄傲是那样清晰和真实，她全身所有的细胞都好像集中在了一个赛道，想要奔跑、不可阻挡。这种感觉这一生大约不会再有了，因为她所在的赛道从来就只有她一个人，速度，没有任何意义。但她依然勤劳、细心，保持着仓库应有的仪表和尊严。她与仓库里的材料、设备同甘共苦，一起经历了五次冰灾、六次洪灾、三次台风，那些曾经从她手边送出去的设备、材料死伤无数，她压根来不及难过，像一位大义凛然的母亲，狠下心来，一个子女也不留，将仓库里的材料、设备又再次送上战场。这些年来，她可以负责任地说，工作上她没有出过一丁点差错。

但要说起当选先进，她可从来没有期待过，因为除了电网建设的施工现场，她压根不清楚其他同事的工作，无法参照对比，受之不安。

呆坐在电脑前一个下午，先进推荐表上依旧空无一字。其间,她发放了两批物资,接了四个电话,依旧心不在焉,被"三十年"所困。她猜测,这张表是个恶作剧?又或许是领导们真的发现了她的付出,想给她这个从来不争不抢不怨的人一颗糖豆?又或是评选先进的标准发生了变化,她这个看来毫无技术含量的工种也能登大雅之堂?当然,也说不定就是起乌龙事件,她记得有一次她接过一个电话,对方热切地说了好多话,她都不明白。你是不是打错电话了呀?她忍不住打断对方。你不是永梅吗?不,我是远梅。浓重的地方口音已经将"永""远"的界线模糊了,电话在一阵笑声中尴尬地挂掉。她长叹了口气,自知每一种可能,都不能改变现状。她看了看电脑上的时间,起身开始做下班的准备,她把库房各个角落细细地检查了一遍,挂上锁,办公室和小院里也打扫了一回。转身离开时,桌上的电话像惜别的友人,满腹的话不愿用沉默代替,嘟嘟嘟地响个不停,她接起电话,听着,莫名地就笑了起来,局办的那位小姑娘还在那一头抱歉地解释着什么,她一个字也听不进去,轻轻地挂了电话。

办公桌前的监控视频几乎是静止的画面,无数个小框都默契地僵持着,像坏掉一般,她仿佛看见自己卡在时间的缝隙里,动弹不得。

白日短行

她要去市里赴她人生中的第一次大考。

母亲很紧张。这场考试太重要了,我得陪她去。她都多大啦?考个试还要人陪?父亲闷声闷气地应着。我必须陪她去,好歹心里安稳些。母亲有些执拗。她在里屋都听着,书本上的字一个也看不进去,桌上的风扇不厌其烦地摇着头,对于这个漫长而又未知的夏天,仿佛有着比她更深的怀疑。

出发的那天,母亲天不亮就起了床,在灶房里忙个不停,父亲有些不满,反复念叨着什么,但每一个字都带着睡意,不够清晰。她一整晚就没有睡好,倒不是担心考试的事,而是这段行程。这是她记事后与母亲第一次单独的出行,会在一个彼此都陌生的地方,形影不离地相伴三天,这足以让她好奇又惶恐。

当年,母亲生下她时曾饱受屈辱,还在产房,听闻又是个女孩儿,奶奶掉头就走,月子里也硬是没有来看过一次。母亲在与旁人说起这些时,末了,都会不由地看了看她,微笑着说:桥头那个算命先生说了,我若再生一个,一定是个男孩儿，哎呀，不想再生了，女儿挺好的。母亲有母亲的智慧，算命先生的预知令那些自以为是、居高临下的女人不敢有丝毫质疑，因此，常常赢来旁人的敬重和称赞。只有她能听出母亲内心的不甘和对她到来的不满，她作为母亲被奶奶轻视的根源，始终活在自责和愧疚当中。

晶莹的糯米饭团、精瘦的腊肉、冒着热气的豆浆已经摆在饭桌上了。这是母亲惯常为父亲出行准备的早餐，她第一次享受这样的待遇，有些受宠若惊。过会儿坐你赵叔的车，你得懂礼貌，要喊人。母亲一边说着，一边往一个被剪了很多小孔的纸箱里塞一只大公鸡。公鸡抻长了脖子挣扎着，声嘶力竭，扑腾了许久，最后终于放弃，从小孔里探出头来，绝望极了。

她背着书包，母亲的肩上挎着旅行袋，一手拎着装着公鸡的纸箱，一手提着个小布袋。她们走过了一条街，一座桥，好几次她试图帮母亲拿行李袋都被拒绝。这回巧得很，我们回来时也赶得到你赵叔的车，这一去一回省了四张车票。母亲劲头十足，回头跟她说话时，欢喜得很。她在心里飞速地换算了一下，四张车票，足足有两百块，大约是父亲半个月的工资，是家里一个月的伙食费。这个答案让她在心里给惊了一下，继而才发现，她竟然早已被母亲潜移默化地影响，对于任何开支，情不自禁地会换算成一日三餐。她们走到政府大院的门口，停了下来。母亲把纸箱和行李袋放在地上，看了一下临出门才戴上的手表。昨天说好的八点半出发，还有十分钟，很快了。她似乎是应了一声,眼睛却看着街头,上班的人们行色匆匆,背着书包的小孩儿手里拿着早餐,嘴里鼓鼓囊囊的,各自明明都清楚自己的去向,眼里没有期待。母亲还在为省了四张车票喜不自禁,她却一点也高兴不起来。

这场考试本是个意外。父亲所在的机械厂有招考员工子女进系统内技校的惯例,但是近几年,政策时有波动,也不是每年都有机会。前两年姐姐就没有赶上,念的高中,成绩下游,基本可以判定与大学无缘,母亲常常为此感到遗憾。所以,半月前,父亲突然接到系统内又恢复招考的通知后,母亲欣喜若狂,毕竟上高中前途难料,而考上技校就注定端上了铁饭碗。好多次,她都欲言又止。她都想告诉母亲,她一点也不喜欢机械厂,不喜欢那股子铁锈味,不喜欢机器的轰鸣,害怕自己像厂里任何一位女工一样穿着深蓝色的工装,手掌上全是老茧。但事实上,她根本不敢开口,小心翼翼地,生怕触犯到母亲,又引来莫名其妙的抱怨。

大约在九点,她们坐上了赵叔的车。那是个瘦削矮小的男人,四十多岁,又或是五十多岁,都有可能吧,在此之前她没见过。母亲碰了一下她的肘,眼睛瞪着,她瓮声瓮气地叫了声赵叔。副驾上坐了个女人,后车镜里映着张妆容精致的面孔,淡淡的脂粉味、香水味,在狭小的空间里强烈地存在着。除了母亲一切都是陌生的,她有些局促不安,手和脚怎么放都觉得不对。她侧身看了下母亲,母亲也好不到哪里去,腿绷得很直，身子往后抵着靠背，正手忙脚乱地从手上的布袋里翻出用塑料袋装好的糯米饭，母亲满脸堆着笑，拿着糯米饭的手伸到前排，正欲开口。岂料赵叔抢了先，你们后面的门有一扇没关好，重新关一下。母亲一听，把手上的糯米饭放到前排中间，赶紧侧身去推车门。她有些疑惑，车门看上去明明是关好的呀。她和母亲各自又试着推了一下，没动。拉一下。副驾驶上的女人提醒。从哪里拉？她和母亲有些着急，门上的长柄，车窗上的按钮，各种尝试之后，车门依然纹丝不动。车靠边停了下来，赵叔黑着脸一言不发，下车把后车门打开又重重地关上，咣的一声，母亲不自觉地抖了一下。她的脸羞得通红，恨不能找个地缝往里钻。赵师傅，大姐，这糯米饭还热着呢，吃点。母亲故作镇定地去掩饰自己的窘态。然而，没有人回应。母亲脸上的笑容像池塘里的涟漪一样渐渐散去。她略微侧身，暗自研究起车门来，怎么打开，其实她还是不知道，她担心到了市里下车时，她和母亲仍会面临这个难题。有一个黑柄长长的，之前，她拉过，也推过，不起任何作用，她仔细观察黑柄的周围有一圈弧线，小心地把着长柄朝着弧线转动，窗户像被撕开了口子，风猛地灌进来，耳边轰隆隆的，她吓得赶紧将长柄转了回去。有些心虚，朝前排看了一下，赵叔两眼直视前方，看上去养尊处优的女人也没有任何反应。她又侧身看了一下母亲，母亲仰着头，闭着眼，皱着眉，嘴巴微张着，抱在胸前的手臂上还挂着几颗米粒。有一种陌生感，她自己也不想承认，她以为眼下的情形，母亲与她应是统一战线的，彼此得携手去掩饰生活的贫瘠所带来的恐慌，应时刻警惕，避免暴露自己更多的无知和愚蠢。然而母亲似乎一点不在意，睡得很香，那隐隐约约的鼾声，让她更觉羞耻。她如坐针毡，两眼直盯着车上的时间，恨不能眨眼就到了市里。母亲中途醒过一次，为缓和车内的气氛做过努力，当然不能再用糯米饭了，又冷又硬，她从布袋里翻出一盒切好的腊肉递到前排，赵师傅、大姐，吃点腊肉，打发下时间。腊肉是家里招待宾客的上等菜，是给父亲每一次出行必备的零食，母亲把自己以为最拿得出手的食物分享了出来。赵叔不为所动，那位女人也没有回头。吃一点，真的，挺好的，她爸每次出差，都会带点，嚼嚼，好打发时间。母亲还在坚持，有些讨好的意思。她碰了碰母亲的膝盖，咬着嘴唇，摇了摇头，有些央求的意思。她希望母亲不要说话了，睡觉也行，下车时，丢下一张百元大钞，母女俩扬长而去，多好。母亲默默地将腊肉重又放回布袋里，看着车窗外发呆，一脸落寞。她有些难过。

　　头一天晚上的情形如在眼前，母亲跟父亲兴高采烈地说起，车，可算是定了，就那个经常来店里买东西的赵姐，可热心了，她兄弟是政府的驾驶员，要去市里给领导送份要紧的材料，时间正好赶上。父亲一向不喜欢麻烦人，只敷衍地点了点头，不肯给予一句母亲期待的称赞。所以对人热情点总是好的吧，要像你两爷子，整天马着个脸，也不懂人情世故，谁会搭理。母亲依然沉浸在自我陶醉当中,她和父亲顺带又被教育了一回。类似的话语,母亲有着丰富的储存,只等有机会,毫不吝啬、倾尽而出。父亲从不争辩,也不曾改变,她也同样,默契地与母亲保持着平衡,也因此,对于自己的处世之道,母亲极为自信。赵叔的那位姐姐,说起来,她是有印象的,热情,爱笑。隔着老远,咋呼呼地就迎了上来,跟谁都能聊上半天。但母亲定然没料到这样让人亲近的姐姐却有一个傲慢、冷漠的弟弟。她稍微挪了一下,想把头靠在母亲肩上,很自然的那种母女之间的亲近,她渴望很久了,觉得眼下是个机会,两张车票的薄利正一点点地消耗着她们的自尊,做这种亲密的行为,对彼此会是一种无声的安慰。她把头轻轻地靠了过去,母亲如同触电,猛地抬起手臂,很惊讶地看着她。她赶紧坐直了身子,两眼直视前方,一动也不动。她有些后悔,确实太唐突了,从她记事起,母亲就从未抱过她、亲吻过她。即便是她摔倒了、生病了,母亲顶多给两句软话,但现在,她与母亲在一个无处可逃的空间里共同承受着旁人的轻视和嫌弃时,她竟错以为她们是可以相互理解、慰藉的。

度时如年。感觉像到了孤岛,无路可走。她靠窗挪了挪,侧着身,半闭着眼,也不想再去研究车门如何打开,反正丢脸都丢到家了,随它去吧。迷迷糊糊间,车子停了下来,副驾的女人下来将后车门打开。到了,下车吧。她之前担心的问题竟出乎意料地解决了,她和母亲不失体面地下了车,后备厢已打开。书包、行李袋、装着公鸡的纸箱，一一被提下车来。母亲略微整理了下衣服，走到驾驶室旁，话已到了嘴边，但车窗急速关闭，车子慢慢驶入车流，那些酝酿了一路的话被碾压得粉碎，再无一句完整的。她和母亲像个多余的包袱被抛弃在了路边，纸箱内的公鸡如同死里逃生一般，从小孔内伸出头，清了清嗓子，试图证明自己还活着。唉，回去后，这个人情总是要还的。母亲拨了拨头发，叹了口气。她佯装什么也没看见，四处张望着。

到了市里的住宿，外婆曾给过母亲建议，住曾姨家，又或是五叔家。这些亲戚虽有点远，但待人可好了。母亲一头雾水，对曾姨和五叔一点没有印象。唉，你结婚时他们都来过，你曾姨黑黑的，塌鼻梁，记起来了没！人家还给你送了对绣鸳鸯的枕套，五叔跟着送的亲，那天晚上喝了个半醉，还是你大伯扶着回来的。那场她注定赶不上的婚礼一经外婆说起，仿佛刚刚结束，不远百里赶来的曾姨和五叔还带着醉意，坐在堂屋的角落里跟人话着家常。还是去曾姨家吧，女人嘛，方便些。外婆思量许久，替母亲做了决定。从客车站朝左走，走上三五分钟，你留意路边，见着有大石梯子就上，对，爬过石梯，再朝左走上三分钟，就差不多到了，你随便找个人打听一下，你曾姨的大名叫曾霞，你问问，就能找到了。外婆是个生意人，年轻时走南闯北，很会与人打交道，在外婆看来，出门在外，住亲戚家不见得就是为省钱，还图个亲近热闹，而且因为亲戚是当地人，说不定在生意上还会提供意外的帮助。母亲压根就没出过远门，半辈子都在精打细算地过日子。因此，外婆的建议，哪怕仅仅只是为了省钱，母亲也没理由反对，那只公鸡就是为曾姨准备的。

按照外婆提供的路线，她们首先要找到的是客车站。母亲跟路人打听了下，客车站离得并不远，从一百米外走过一座桥即是。走吧，总不能把这鸡就丢在路边吧。母亲踢了一下纸箱，强打起精神来。她应声提起行李袋来往前走。一路上一句话也没有，对面大楼上的时钟，时针已越过了下午两点，太阳正是最烈的时候，晃得睁不开眼，衣裳渐已汗湿，肚子里的饥肠情难自禁，不住地诉说着对食物的想念。到了客车站往左走，走了十分钟也不见外婆所说的大石梯子。找了个路人一打听，大石梯？这边没有大石梯呀。母亲着急，不是说离车站很近的吗？车站，哦，那应是城北的那个车站，不在这头，喏，过对面的那条街，朝前走，得走上二十来分钟才能到呢，提这么多行李，打个车去吧。路人挺热心的。她疲惫极了，看着同样快崩溃的母亲，一步也挪不动了。唉，怎么会有两个车站哪，先吃点东西再走吧，打车的钱都够我俩吃的了。母亲叹了口气。在路边的巷道里，找了背阳的地将行李放下，她索性坐在书包上。母亲从路边的包子店里买来四个包子，她拿了两个，几大口下肚，竟没吃出是什么馅儿的。歇会儿。母亲从那个布袋里取出水杯递给她。她喝了半杯，精神好了很多。妈，那曾姨跟外婆同辈吧，多大年纪啦？好像比你外婆得大上四五岁。那可不得七十出头了，外婆跟她有多少年没联系啦？就算找到了大石梯，她会不会搬了家，又或是已经去世？她忍不住提出自己的质疑。自以为通晓人情世故、考虑周全的母亲立时有些惊惶，才察觉外婆此前的建议所必须成立的条件竟然被全都漏掉。还是去看看吧，总不能把这鸡丢在路边。母亲沉默了许久，不再犹豫，她所有的疑问都未能抵过这只鸡不可被丢弃的命运。

　　过马路，朝前走，找到城北车站，再顺理成章地找到大石梯，已经不觉得惊喜了。上了石梯，朝左走了几分钟后，跟人问起曾霞，大都摇着头，一脸茫然。好不容易找到一个年长的女人，再一打听，曾霞竟是她的邻居，她正好要回家，母亲喜出望外，拉着家常话，紧跟着那女人走。我已经到了，看见没，上面那房子就是曾霞家。女人停在一处小平房前，抬头所指的是坎上的一处灰黑的瓦房。母亲连声道谢，她们从女人家旁边的小径向上走。马上就到了，你呀别苦着个脸，得笑，得叫姨婆，知道不？去人家家里，别乱说话，也别乱摸东西，你都快十五岁了，得懂点人情世故。母亲轻声嘱咐道，她不自觉地紧张起来。她想起有一年，母亲带着她和姐姐穿得整整齐齐的去给人拜年，那是位姓刘的老师，据说是多年前从省里下放来的知青，她和姐姐怯生生地躲在母亲身后，门一打开，刘老师笑吟吟地伸手做邀请状，早盼着你们来了，快请进。她悄悄打量着，这位刘老师果然如母亲所言，真是好看，墨绿色的丝绒短袄配了条珍珠项链，下着黑色的直筒长裤，头发是挽起来的，耳垂上缀着颗小珍珠。屋子里也好看，桃木的欧式家具，深咖色的木质地板，墙上还挂着一幅撒满枫叶的油画，古铜色的吊灯，搭着蕾丝方巾的电视，靠墙角站着复古唱片机，她们母女三人即便穿着自己最好的衣服，也依然觉得自己破坏了这个房间的华丽、美好。别愣着呀，坐沙发上。刘老师招呼着。她使劲攥着母亲的手，木质的沙发上铺着厚厚的乳白色的垫子，令人望而生畏。母亲小心地坐下，她努力缩小自己的占地面积，几乎是挂在沙发边上。姐姐就有些无所谓了，坐到她们对面的沙发上，跟她扮着鬼脸，甚至还得意地用手摸了一下坐垫，惹得母亲狠狠地剜了两眼。随意点，吃东西呀。刘老师端起茶几上的糖果和糕点递到跟前。她不敢伸手，母亲轻轻碰了一下她的肘，她拿了两块，刘老师回头递到姐姐面前，姐姐仔仔细细看了又看，挑了好几块不同包装的糖果，她羡慕极了。那是她第一次正经地做一名客人。她们在厂区，除了逢年过节，平素也时常走动，但那叫串门，不是做客，所有的家庭都相差无几，彼此亲切随意。母亲与刘老师相识不久，刘老师举止斯文优雅、与人交往真诚谦虚，母亲十分仰慕，视刘老师的一切为准则，在家不断修正着她们的行为。比如，吃饭时不能再端着饭碗满街跑了，夹菜时不能翻拣，说话的声音不能太大，等等。家庭教养会影响一个人的终生，这可是刘老师说的。母亲不容别人置疑，为有这么一个朋友骄傲得很。所以，当母亲计划着带上她和姐姐去刘老师家拜年时，她几乎当作是一场检阅。那天晚上回去的路上，母亲虎着个脸，所有的矛头都指向姐姐，不应该一个劲地去拿糖，不应该打断大人说话，不应该四下去打量、张望。母亲觉得失败极了，好像如何努力都无法去掩藏自己的困窘，精心培养的士兵不战而败，自己根本就不配成为刘老师的朋友。而她竟也一点不为自己顺利过关而感到庆幸，在窥探到了另一种生活之后，她对自己对母亲，第一次开始像照镜子一样去审视。

母亲不知从何时开始已极为讨厌刚从机械厂下班回来的父亲。工装上落着一层铁灰，浑身一股粉尘的味道。你把你外衣脱了再进屋。母亲皱着眉，像位严厉的老师。父亲先是一怔，继而也很配合，乖乖地把外衣脱掉放在门口，又站得远远的，使劲拍打着裤子上的灰尘，努力去完成一道加分题。饭桌上母亲又突然说道，托人买台收录机回来吧，生活里不能没有音乐。那时候母亲已经很会咬文嚼字了。父亲有些惊愕，二百块呢！那又如何？母亲头也不抬，坚定得很。听说新开的电影院要上演黄梅戏《三笑》呢，周末订四张票，咱一家去看看。母亲的精神需求不断拓展，父亲终于忍无可忍，去听黄梅戏？你能听懂还是我能听懂，一家人坐电影院里当傻子吗？怎么就听不懂了，我这两个女儿可不可以再像我这样活，从现在起每月我都要带她们去听场戏，去看场电影。她们以后得上大学，得去大城市生活。母亲说的时候两眼放光。一张票得五元呢，你是开玩笑吗？每月都拿三四十元去扔在水里，气泡也没有，疯啦？你呀心气别太高，龙生龙、凤生凤，这两个姑娘以后能求到生活就行。父亲瞪着眼睛，话虽如此，却也还是排队把票买了回来。去电影院之前，母亲给她和姐姐换上了家里最好的衣服，梳上马尾，又提了两个水杯，走到半路，想想，自己又要跑回去换上仅有的一双高跟鞋。父亲立时没了耐心，气急败坏地跑到售票处将票全部退掉，她和姐姐杵在马路边，不知如何是好。母亲昂着头，穿着高跟鞋一扭一扭地赶来，在得知情况后，好一阵子不言不语，面色灰暗，沮丧极了。之后，母亲像个毛线球一样被缠在了商店里、裹进了家务中，电影院也只是路过，那些口口相传的故事，从没有真正装点过她们的生活。那位刘老师，也逐渐疏离、消失在母亲口中，她和姐姐一如从前，跟厂区的其他孩子一样没大没小、没心没肺，在一定原则之下，放任、自由。

而现在，她与母亲又得很正经地去做一回客人，联手去接受一场检阅，去观照另一种生活。她们走到瓦房前，堂屋的门是开着的，屋前有一个小院，沿着堡坎边缘种了一些很平常的花草。母亲将行李放到门口，整理了一下头发、衣服，回头又将她额前的刘海拨了拨。咚咚。母亲敲门。好一会儿，姨婆摇着蒲扇蹒跚而至，白色的圆领坎肩，深蓝色的短裤，露在外面的皮肤像长满了霉点的口袋。母亲自报家门，她紧跟着叫了声姨婆，鞠了个躬。哦，你是我三妹家的小女儿，你是三妹的小外孙？姨婆眯缝着眼睛再次确认。没错，我结婚的时候你还去了呢，家里的那对绣鸳鸯的枕套还是你送的，可漂亮了，现在还用着呢。母亲的声调又加热了几度。对了，姨，这是我从家里给你带来的土鸡，拴在院里吧，可别把屋里弄脏了。母亲说着话，蹲下身去把纸箱打开，将公鸡脚上的绳索捆在院里的槐树上。公鸡抖了抖鲜亮的羽毛，瞪着眼睛，像又活过来了一样。太讲礼了，这天远地远的，带东西多麻烦，快，进屋坐。姨婆大约想起了那对绣鸳鸯的枕套，面露笑意，塌鼻梁更为明显。堂屋很小，当然整个房子也不大，看上去结构跟家里的房子很像。右墙下几只矮凳围着一张小木桌，她和母亲各自坐下，姨婆沏了两杯茶，坐到她的对面。三妹还好吗？十来年没见了。姨婆打开话匣子，布满尘埃的记忆渐又露出鲜活的颜色，家族里沉寂多年的各种交集、趣事，竞相找到了回应和补充。她知道如何做一个优秀的听众，不时露出好奇和惊讶的表情，看上去有着强烈的求知欲，但其实她一个字也没有听进去。她悄悄瞥了眼母亲腕上的手表，下午四点，屋外的阳光不再咄咄逼人，她渴望饱餐一顿，然后躺在一个舒服的地方睡个大觉。我是第一次来市里，母亲要我一定要来看望你。我带我女儿是来考试的，她爸厂里内招，考上就有编制，读书期间都算工龄，算是铁饭碗了。母亲终于从众多长辈的往事里挣脱，说明来意。哎哟，好事呀，这小姑娘乖巧、聪明，肯定行。姨婆慈爱地看了看她，对着母亲一脸的笑。接下来，好像因为话题变了，场面渐有些冷，母亲端在手上的水杯里只剩下茶叶，她的眼睛根本不知道该看向哪里。好一会儿过去，母亲给她递了眼色，整理了下衣服，起身道别。别走，怎么着也得在家里吃餐饭哪，我早前给我儿子打了电话，他买好菜就回来做，很快的。姨婆拉着母亲的手，不肯松开。她在心里长长地舒了口气，她一点不想母亲的计划落空，不想外婆的建议到最后只是自作多情。

晚饭也是在小桌上吃的，只是多了一个她要称作叔叔的男子，穿得很时髦，看不出多大年纪，但作为留在姨婆身边的小儿子，算起来，不小了。菜都是买的现成的，卤肥肠、凉拌什锦、咸鸭蛋，再一钵酸菜鱼。她真是饿了，第二碗饭快完的时候，才放慢了速度，终于有空抬起头来时，恰好接住母亲哀怨的眼神，颇有点恨铁不成钢的意思，她便实在没有勇气再添一碗饭了。毛崽给你妹儿夹鱼，再盛点汤。姨婆提醒着那个始终没开过口的男子。她有些惊慌，拿碗的那只手无所适从。自己弄吧，随意点。男子头也没抬，拨拉尽碗里的饭，碗一搁，便起身走人。母亲很是惊讶、不安，看着那个消失在门外的身影，筷子拿在手上，久久不曾动一下。她那么强调礼数，渴望做刘老师那样的女人，然而这一天里，赵叔又或是眼前这个沾亲带故的兄弟，让她开始怀疑，也许自己在别人看来就是个麻烦，不值得以礼相待。

母亲有些黯然，在厨房里陪着姨婆收拾碗筷时没有交谈，她自觉地找到扫帚扫起地来。等到收拾妥当，母亲把她拉在身边，又郑重地跟姨婆道谢，打算提着行李离开。她心里一紧，这个场面她其实早已料到，坦白说她挺矛盾的，她一点不喜欢寄人篱下，小心谨慎的样子，但她又希望姨婆能如外婆所料，热情、真诚地挽留她们，且不说是为了修复亲人间应有的联系，单单是为她们省下在外住宿的钱，也是件令人庆幸的事。因为，出发的前两天她亲眼见着母亲跟人借钱时的情形，一向好强的母亲，觍着脸不住地说着好话的样子，让她看了很难受。去哪里哟，人生地不熟的，明天还得去看考场呢，就住我这儿，我陪你们去。姨婆一边说着一边将母亲手里的行李袋提到了里屋。

她和母亲留了下来，轮流洗漱完后，姨婆抱了床薄被去了另一间小卧房，她们睡大的卧房。屋子里有一股淡淡的香味，床上笼着白色的蚊帐，靠墙的地摆着衣柜、缝纫机、写字台，衣柜的侧面挂着包和出门要穿的衣服，写字台上，书、笔架，还有一个插满鲜花的花瓶，每一件物品都得体地摆在了最恰当的位置。她们轻轻地坐上床，小心地躺下去，她一动也不动，生怕触碰到母亲的身体。母亲在她耳边轻声道，这屋子里家具也老式，东西也多，却很整洁，你看那地了没，同样是水泥地，却能照进人影，你姨婆真是爱干净、讲究。母亲说完长叹了口气，然后陷入无限的沉默，给她提供了足以去想象的空间。她仿佛又回到了家里那几间拥挤杂乱的屋子,空气里潜藏着父亲身上的粉尘和汗液,那些货架、小商品从店面延伸到卧室、厨房,一定程度地破坏了母亲作为女人对精致生活的追求,商店里那些频繁而零碎的交易也使得母女之间本该有的亲密变得稀薄和珍贵。母亲将电灯拉灭,黑暗一下子涌来,陌生的房间里主人的气息和日常里留下的痕迹更加清晰,她们只是这间房屋的寄居者,恨不能收好自己所有的触角,以最大限度地降低自己的存在,她小心地把身子侧向母亲,蜷起来,闭着眼,贪婪地呼吸,像是回到了母体。

在姨婆家住了三夜,那位时髦的叔叔再未出现,母亲问起,姨婆只说他是生意人,太忙了,不落屋。母亲有些失落,仿佛再没有机会去证明自己贸然前来的初衷。但其实就连她也明白,叔叔没有露面,不过是为了挪出一张床出来,换言之,是她和母亲挤走了那位从一开始就有了怨言的叔叔。她极少说话,从考场回来,就埋进书本里。母亲试探着问她,卷子上的题都做起了吧?她点了点头。卷子最后面的那种大题呢,没有错吧?母亲的担忧并没有消除。没有呢。她笑着说。母亲回头有些骄傲地跟姨婆说道,她平时成绩就不错,如果不是为了早点端上这铁饭碗,她以后也是能考个大学的。姨,我从前生下她时,人家不拿正眼看我,左邻右居都笑话我没有个儿子,我跟你说,姨,我可从来没把我这女儿看轻过,我是当宝贝来看呢,我今后可是能享我这小女儿的福呢。母亲喜上眉梢,颇有点扬眉吐气的样子。她呢，有些陌生地看着母亲，浑然不曾察觉这些年她竟被当作过宝贝。

最后一天只考上午，出门时，母亲跟姨婆说中午不回来吃饭了，得去街上逛逛，买回去的车票。她心里有些惊喜，满满的一个下午是属于她和母亲的，没有任何人可以分割。从考场出来，已胜券在握，她自信地冲母亲点了点头。母亲欣喜若狂，哈哈，真的没问题？我刚听好几个从考场出来的孩子都在说题目难哪，你都做对啦？她依旧点着头。母亲当然信她，她从来就没让她操过心，身体皮实，品行端正，学习也还行。那可太好了，八月中旬应该能收到录取通知书了吧，九月份，我送你去省里上学，三年很快的，你的那些同学去上大学时，你已经可以领工资了，多好。母亲似已圆满完成她此行的目的，所有设想的未来正迎面朝她们走来。走，你想吃点什么，咱下馆子去。母亲将她手里的文具盒放进随身提的那个布袋里，亲昵地挽着她的手臂。她从未发觉母亲竟然笑起来很好看，放慢语速的声音听起来也很温柔。

下馆子在家里可是件大事，似乎有过一两次，她也只是听说，父亲和母亲出面请人吃饭，她和姐姐并没能参与。想吃什么都可以，我得好好犒劳一下我们家的文曲星，真的，算命的真这样说过你。母亲的兴致依然很高。她被"文曲星"三个字吓得半死，天知道当初得知要去考技校时的心情，一辈子都待在充满铁锈味、机油味的厂房里，跟那些冰冷的、笨重的金属打交道，多令人绝望啊。马路两侧有很多餐馆。她一路上看着招牌，家常菜馆、火锅店、面馆、粉店都虚位以待。母亲的脚步放得更慢一些，她的眼睛落在店门口的价位表上。爆炒猪肝二十五块，熘腰花二十八块，天哪，就连青椒肉丝也得十五块，要是搁家里，自己买菜来做，十五块都可以做一脸盆的青椒肉丝了。母亲瞠目结舌，脸色有些难看。她自觉地看向那些面馆、粉店。就在儿这吃锅巴粉吧，这可是市里的特色。走了好久，对比了好几家粉馆的价位，母亲痛下决心，进店以后，却又犹豫了，给她点了一碗牛肉锅巴粉，自己却要了碗价格最便宜的素粉。她吃了几口，粉粗糙了些，牛肉炖得也不够有味，或许还因为天气的问题，脸被晒得热辣辣的，汗水已浸湿了衣服，她一点胃口也没有。母亲的那碗红油素粉，很快见底。你快吃呀，这粉五块钱一碗呢。母亲催促着，她有些负罪感，抬起头来，强忍着胃里的不适，埋着头大口大口地吞咽起来。

从粉店出来，母亲并没有回去的意思，也没有去买车票的打算。二妹呀，再过两年你就能领工资了，像你爸那样，月月不少的，算起来，那个时候我们一家的收入还不算少呢，想想就觉得这日子有盼头。母亲心里的算盘大概已拨了好几回。好些年都没有给你买过衣服了，一直捡你姐的来穿，我们去逛逛商店吧。母亲充满爱怜地看着她，她有些不知所措，甚至怀疑自己曾经的不安、自责并没有足够的理由，母亲潜意识里流露出来的不甘、不平都是源于她自己的敏感和误会。她没有拒绝，像其他孩子领受嘉奖时一样欣喜，紧跟着母亲流连在各家商店。她从商店里的镜子中看见了自己，个头很矮，穿着一件洗得很旧的白底T恤，领口前还有几滴洗不掉的油渍，裤子是深蓝色的中裤，膝盖处有些发白。她瞬间就原谅了那个不拿正眼看她们的赵叔。橱窗里、货架上那些衣服款式新颖、色彩亮丽，任何一件都能让她知足、感恩。选一件你最喜欢的。母亲鼓励道。她小心地翻看着衣服的吊牌，在心里暗暗权衡，最终挑了一件白色的T恤。她喜欢T恤前面那略带立体感的花环，不张扬也不单调，更重要的是价格便宜。母亲狠了狠心，二妹，你再挑条裤子吧。她不是个贪婪的人，不敢再让母亲破费，使劲摇了摇头。挑一条吧，九月份穿一身新的去上学。母亲从未有过地慷慨。她不再坚持，选了一条格子的短裤裙。付钱的时候，她眼见着母亲的钱包里已所剩无几。

我们不是要去买车票吗？她有些担忧。不用，上午我给你赵叔打了电话，明天一早我们仍坐他的车回去。母亲道。她有些错愕。反正都欠了人情，不如再厚着脸皮图个方便，回去后我自晓得去还人情的。母亲故作轻松，甚至露出了调皮耍赖的表情。但她能想象要做出这个决定，头两天夜里母亲一定犹豫、挣扎过。那新买的带着花环的T恤、格子的裤裙拿在手里变得沉甸甸的。

回去的时候，母亲特地到菜场买了些卤菜，又称了水果。

她们和姨婆坐在小桌上，饭菜都冒着热气，母亲也少了头两天的拘谨，姨，这两天可是打扰了，有时间到沿河来，我的幺姑娘应该是考中了，九月就去上学，三年后领的第一月工资，她指定来孝敬你。她从未见过母亲这样轻松快活过。好像当年她给母亲带来的屈辱都一笔勾销了。她成了母亲敢于露怯、也敢于挥霍的底气，暗想，这场考试其实是划算的，她当一辈子的工人也是值得的。

八月底的时候，如愿收到了录取通知书。母亲坐在女人堆里，假装不经意地说起，欣喜、骄傲呼之欲出，女人们自然是连连叫好，但很快更多的祝福、羡慕被毫无保留地给了一个刚考上大学的孩子，那是个品学兼优、才貌双全的姑娘。女人们在电视里看到的那些遥远而美好的事物终于可以安放在她们身边的姑娘身上了，她们的理想被嫁接，被实现，散发出绚丽的光彩。短暂的失落之后，母亲表现出了一样的羡慕，甚至在午后的阳光渲染之下，脸上的表情充满了梦幻和迷离，似乎已看到了那位姑娘在越过漫长的时光之后像刘老师那样从容、优雅地走来……继而她看到母亲悄然从女人堆里起身，安静地回到那间杂乱的小商店里，神情被零碎的商品模糊掉，就像那张录取通知书，那冲她迎面而来的机械厂，也已经模糊掉了她未来的时光。

苦　茶

　　我真的和其他老师没有什么分别。她拨弄着手里的茶杯，试图打消眼前这位姑娘的好奇。

　　姑娘自称安，刚参加工作，是县政府派驻到流水村的一名驻村干部。头一晚，村支书将安领过来交给她，这位小姑娘是来帮咱脱贫的，你可得给我护好了。村支书向来心细，定然是认真盘算过，让安和她住在学校里，至少避免了在男人堆里生活的不便以及成为旁人关注的焦点，毕竟，安太年轻了。

　　学校是一所只收低年级学生的村级小学，她是这里唯一的老师。

　　当然有分别。听口音，陈老师你不是本地的，也不是贵州的，干吗会到这里来教书，是因为有亲戚在这边吗？或者，你一直都有献身乡村教育的理想，是这样吗？安的声音很清脆，一点不在意她刚刚的敷衍。

　　她摇了摇头，起身给安倒了一杯茶水，这山里蚊虫多，昨晚睡得还好吧？

　　我昨晚被咬得一身疙瘩，大半夜在网上下了单买蚊帐，我那屋里的蚊子就等着被活活饿死吧。安似乎已经看到蚊子尸横遍野的样子，说完自个儿便哈哈大笑起来。

嘟——嘟——安搁在桌上的手机，屏幕一下子亮了起来，一个年轻的男子在屏幕中挥着手。她自觉地退到门外。

嘿，亲爱的，我在这儿挺好的。住的地儿啊？住在学校哇，我给你全方位展示一下吧。安举着手机，走到走廊外，从她身边经过时，扮了个鬼脸。我现在下楼了，我带你看看这里的教室和操场。声音转到楼道，变得细柔了许多，充满了甜蜜和暧昧的气息。

她听到那一头的声音，是爱情里该有的对白，毫不掩饰两地分离的相思和担忧。她回到屋子，看了看桌上的时钟，将各个班级的课本、要复习的内容重新整理了一遍。

这是这个学期的最后一堂课了，孩子们似乎有些紧张，小纰漏接连不断。如往常一样，她挨个年级进行讲解，首先是一年级，靠窗户的这一排，五个学生，讲语文时，竟然还有孩子将数学书摆在桌上。接着是二年级，中间的一排，六个学生，抽两个孩子上台默写古诗，有一个竟然傻坐着，没听到。最里边的是三年级的，五个学生，他们倒是沉着，复习时没出一点差错，但放学后，却一个个守在教室外不肯离开。干吗还不回家？她问其中一个孩子。是个从小跟奶奶相依为命的小姑娘，瘦瘦的，抿着嘴，啥也不说，从口袋里摸出个鸡蛋塞到她手里。另几个孩子也走了过来，接着，她的手上又多了两个鸡蛋，两个桃。孩子们就要转到镇里的小学去了，很多话筹措了很久却还是没有说出口，列成一排，郑重地朝她鞠了一躬，不舍地离开。

她把鸡蛋放进冰箱，把两个桃洗净，摆在桌上的小盘里。安刚刚结束那个甜蜜的电话，蹦跶着进屋里来，陈老师，我刚给我男朋友看了咱这小学的环境，看了咱的宿舍，那货说，这地比他二十年前读的小学还破。安咧着嘴，摇了摇头。她递了个桃子过去，安一口咬下去，声音清脆。那货还说这地方快递根本到不了，我买的蚊帐得去镇上拿。是这样吗？陈老师。安的声音混着桃的汁液，听起来有些娇憨。你昨天来，应该也步行了吧，从镇上过来的这段路才动工，快递确实是没法送到。啊，天哪，我这记性，昨儿来走了好久，脚上都起泡了，县里还有比这儿更差的地儿吗？安有些抓狂，拍了拍自己的头。唉，这破地儿，陈老师，你当初是怎么来的？来之前，你知道这里的情形吗？来了，你就从来没想过离开吗？早先的问题，因为"那货"的刺激，安又衍生出了新的问题。她略微沉吟，看着窗外那条蜿蜒的山路，思忖着如何去重新靠近十五年前的自己。

十五年前她第一次知道有一座叫沿河的小县城，是在一份特岗教师的招考通知上。

彼时，她还趴在大学宿舍的书桌前，翻着三沓厚厚的招考通知，避重就轻、虚张声势地对比着各家招考单位的优劣。楼道间不时传来说笑、掩泣的声音，毕业季里，无数个故事都在分道扬镳的路口挣扎。他坐在她的对面，对于眼下的讨论早已丧失信心。这样下去是没有结果的，我妈顾及面子，去你那边，在她看来等于是上门。他挠了挠头，起身来回走了两圈，侧身时嘴角处两粒新冒出来的痘痘格外凸出，头发也明显长了一寸，支棱着，毫不掩饰对主人忽视的不满。我妈就我一个孩子，也不能接受我去你那边哪。她终于承认刚刚对专业、薪酬的比较是可笑的。这是下一步的打算，前提是得定一个地方落脚，是在他陕北的一个小县城，又或是在她江西的一个县级市。她们的母亲素未谋面，却都较着劲呢。让他过来吧，男人总该迁就女人的，当然得过来。咱将来是娶媳妇呢，是娶，她要想嫁给你，必须得到这边来工作。她和他作为谈判代表，但并不对立，无数次谈判的结果便是他们说服不了母亲妥协，也说服不了自己放弃。

面前的三沓招考通知，她按照属地做了分类，一沓是陕北的、一沓是江西的，还有一沓是全国各地的。冷不丁地他说，要不，咱谁也不得罪，你也不必来陕北，我也不去江西，咱随便去一个不相关的地方，如何？他的提议虽有赌气、逃避的成分，但至少是打破了僵持，也似乎避开了双方家庭在未来敌对的可能。她当作是种解脱，好哇，听天由命，来，这一沓里，我们抽一张。她一边说着一边指着那沓涵盖了全国各地的招考通知。由此，她和他便知道了在贵州的最东边有一座小县城叫沿河。沿河，沿河。他有些兴奋地念道，心里的困扰终于解开。这肯定是个有水的地方，我喜欢。她也如释重负，再不用在陕北和江西两个地域里纠缠。

哈哈，够酷哇，他肯定很有趣吧。安迫不及待地问。他个不高，长得也不帅，但他总能带动我对一些陌生的事物萌生兴趣，能保持新鲜感，像是他知晓一个巨大的宝库，而我，就是那个被他牵着手去寻宝的人。她对于自己刚刚想到的比喻很满意，眉眼里夹着一丝甜蜜和羞怯。当初，他向你表白，一定也很有趣？安调皮地眨了下眼睛。不，他从未郑重地表白过，但是他像块磁铁，一直吸引着我，不知不觉就走到了一起。她拂了拂额前的头发，略黑的脸庞透着朵红云。你们来沿河考试，见了庐山真面目，后悔还来得及呀。安很快回到了她的疑问中。很多时候，一念起，就什么都改变了。她的话像透着禅机，表情竟掠过一丝痛苦。

接下来的事就容易了，从那份招考通知书上选取学校报名、考试。她是文科生，挑了这所叫流水的小学，想着高山流水、知音难觅，极为应景。

起程前一晚，母亲打来电话，依旧老生常谈，你要想跟他好，我不反对，但他得跟你回咱江西工作，我就你这一个孩子，这一点你必须跟我是一条心，要不以后想见面都难了。母亲似乎有种预感，言语间充满了悲戚。她不知该如何安慰，故作轻松道，想啥呢，我在哪儿不都是你的女儿。太晚了，我明还要早起，挂了呀。电话挂断，再难以入眠。母亲始终是她的心头大坎，七岁那年，父亲就进入了另一个家庭，她和母亲相依为命，深知自己在母亲心里胜过一切。但在那个年纪，让爱情在现实面前低头是件多么可耻的事呀。

考试异常顺利。面试更是如有天助，除了她和他以外，其余入选面试者都临阵脱逃。已经胜券在握，那晚，她和他特地在河岸边找了家小菜馆，点了两菜一汤，要了一小瓶白酒，举杯庆贺。九月开学的时候，咱可就是同事了。可不是吗，来吧，重新认识一下。你好，我是流水小学的李老师。哦，真巧，我是流水小学的陈老师。哈哈。哈哈。她笑得眼泪都流了出来，莫名的伤感涌上心头，窗外，她喜欢的河水正一刻也不曾停歇地向前流淌着，不知去向。他们的未来，似在眼前，又仿佛在一片遥远的梦境里。

他们约定各自回家，等候通知，九月，在流水小学相聚。

安瞪大了眼睛，哈哈，没想到你们的运气比我还臭，全国各地的招考，竟抽到了这里。的确，命运像个调皮的小孩儿，时常会弄点恶作剧，她无奈地苦笑了一下。陈老师，村支书跟我说这所学校就你一个老师，当年，你男朋友放你鸽子了吧？她摇了摇头，端起茶杯，喝了一大口茶。

地图上，贵州和江西、陕北呈等腰三角形，来的时候，从位于广西的学校出发，还不算辛苦。等到各自踏上归途，要卡着时间倒车时，才觉得回家一趟真是遥远、真是曲折。他们得坐上五个小时的客车才能到所属的铜仁市的火车站，火车也没有直达的，途中得转乘一次，好不容易下了火车，还得坐上三四个小时的客车才能到家。我估计到家以后，我会不吃不喝，好好睡上两天。坐在火车站的候车厅里，她忍不住长叹了口气。我肯定也是，进屋就躺下，一动也不想动。他靠在椅背上，半闭着眼睛。候车厅里人来人往，各种情绪奔涌、冲撞，她们想说的后半句话不曾开口，就也迷路。

他的车次要早一些，她催促了好几次，他都无动于衷，等到检票口快要关闭。原本淡定的他突然慌乱起来，手忙脚乱地提着行李朝检票口奔去，来不及回头，道别的话、相约再见的话全都省略在了那个年轻、局促的背影里。

她隐约有些难过。一个小时后，独自拎着行李，坐上火车，置身在半封闭的空间里，陌生的人群、难以分辨的口音、莫名其妙发生的推搡，都让她有一种被丢弃的感觉，迷茫、无助，她第一次开始怀疑，他也许跟她就此了断，再不会联系。车厢内不断有人上下，那些还未来得及记住的面孔，都纷纷变成了背影，消失在车外的人流中。她按时完成了站内的换乘，有些疲惫，电视剧中女主角心怀的离愁别绪、深情爱意已无处藏身，但手机始终沉默，不肯给予一丝一毫的机会，她迷迷糊糊地睡了过去，车窗处移动的景致快速将时间拉至午夜……

到家后的半月里，她都没接到过他的电话和短信。母亲问起她的工作问起他时，她只是傻笑，慢慢来呗，哪有那么简单。但心里却早已一片凌乱,他犹豫啦?反悔啦?他移情别恋啦?他另攀高枝啦?她想得头痛欲裂也没有找到答案,从前以为最简单不过爱情,只有爱和不爱两个答案,可事实上,还有无数左右爱情的因素,它们未必影响答案,却会决定结果。

男人就是理性的动物,他是知难而退了吧,回去,就彻底消失啦?安忍不住插嘴,摇着头,嘴角处带着一丝鄙夷。不,收到录取通知后,他立即就打电话过来了。她微笑着看着安,噘着嘴、皱着眉的样,从前的她在听别人的故事时,也是这样,自以为是、打抱不平,恨不能为故事里的主角重新写一段人间佳话。

他打电话过来,商量时间,买票去沿河。电话里还是平时的语气,好像头一天还在一起,不曾分离。她有些矜持,也没有追问为何一直不联系,若无其事地应着。哦,好哇,我现在就把票订了,咱在铜仁火车站见。失联以后,她曾试想过很多种对白,他在那一头支支吾吾地解释着这段时间的各种繁忙,或者直言,还是算了吧,我们的人生就不应该捆绑在一起;又或是他根本没有勇气打电话,发个祝福的短信,从此再无纠葛。他显然放弃了这其中的任何一种可能,电话简短得可怕,一丝的情感都无法立足。她失落极了。

他只是为了履行约定、兑现承诺吗?那好,配合他,什么也不问,赴约就是了。她几乎是带着一身的凛然,如约订好车票,整理行装,跟母亲道别。我要回学校办手续,学院里的老师都催了好几次呢。她不敢看母亲发红的眼睛,提着行李,头也不回地出了家门。检票时,发现包里多了一张银行卡,眼泪就再也止不住了。许多年以后,和母亲说起那天的情形,母亲说那一夜我哪里睡得着,半夜起来看到你的行李箱里已经装满了下个季节的衣服,就知道你工作的地点已经有了决定,不在江西。

在铜仁的火车站,她见到他,头发已经剪过,面容更加清晰,笑容依旧清澈,一点没错,还是那个他。可她总觉得,他跟从前不太一样了,有些陌生和遥远,她有一肚子的问题都在渴望得到答案。他微笑着接过她的行李,她一言不发地紧跟在后。在火车站门口的一家饺子店,他给她要了二十个饺子。还有时间,吃饱了,再去转客车。他给她调了蘸料,又晾了一碗饺子汤。店面很小,不足以容纳食客以外的事物,包括隐藏在身体里欲说还休、难以交付的心事。他自觉地拎着行李去店外候着。

五个小时的客车,弯多路窄,一路颠簸,她的怀疑,他的疏离,来不及坦露、化解,就已被冲撞得支离破碎。如果有一面镜子,她定然会看到自己散乱的头发和苍白的面孔。他试图给她依靠,然而,胃里翻江倒海,万马奔腾,已力不从心。

到了沿河,都精疲力竭,无意再做交谈,就近找了家旅馆住了下来。次日,去流水小学,近于雪上加霜,他们压根没料到坐了一个多小时的客车后,还得再步行一个小时。山路很窄，都是碗口石，又刚下过雨，四处是泥泞，她没走多久就很难再坚持了。两天来在路上的折腾，他给她系上的心结，所有的委屈都涌上心头，她一屁股坐到地上，眼泪就哗哗地流了下来。他全身都挂着行李，更是寸步难行，看着她突然坐地哭泣的样子，有些不知所措。有路人经过，停下来打量，好奇地问：你们要去哪里？我们是去流水小学，是今年新考来的老师，这路还很远吗？他打探着。都是城里的崽吧，这路亏脚，这么多行李，你们怕是走到天落黑也到不了。她听了，哭得更大声。别怕，就在这儿等着，我去找辆拖拉机来。路人是个四十多岁的男子，很热心，十分钟后，他们的行李搬到了一辆看上去离散架不远的拖拉机上。上车吧。男子手一挥，他爬进车斗，将她也拉扯上车。突——突——突。拖拉机的每一个零件都似乎在竭尽全力地发挥最后的作用，随时处在瘫痪的边缘，他们用力抓住车斗的挡板，整个人晃荡着，不时腾起，离座半尺，山路沿着河边向上，没有护栏，他大惊失色，见她全身颤抖，吓得哇哇地叫唤。

流水小学是什么样子的，已经不重要了。他和她满身都是泥浆，像刚过了鬼门关，站在学校门口，面面相觑、呆若木鸡。

何苦呢，情况不对，就赶紧撤退呀。安努了努嘴，心里边还惦记着快递的事，随手拿起手机，滑了两下，喏，那货还行，已经在来的路上喽，陈老师，你看他的后车厢像个超市了，蚊帐、洗手液、盆，各种零食装得满满的。她早看出安是个在蜜糖罐里泡大的孩子，懂得取舍、理智、洒脱。这男孩不错，见不得你受苦。她也赞许地应着。当然，两个人在一起就是奔着过好日子去的，你以为谁都像你俩，只想去证明自己对爱情的忠贞，一时头脑发热选择失误，也不知道及时止步，另打主意。确实是应该打道回府，说不定那会儿他心里也在挣扎，可是，撤退的话，我们谁也没说，没说。她摇了摇头，有那么点庆幸，又带着一丝遗憾。

她和他似乎都较着劲呢，不肯流露出一丝犹疑和后悔。既来之则安之吧。村支书等候已久，领着他们在学校里走了一圈，这一楼是教室和厨房，二楼的两间房是宿舍，你俩各一间，刚好。对了，操场的那一头搭的棚子是厕所。老实说，条件确实是差，之前分来的老师待不上两年就都走了。村支书抖出仅有的家底，面带愧色。她脑子里已如同一包糨糊，想象大冬天，夜里上厕所，顶着寒风、吸着鼻涕下楼在操场上奔跑时的情形，已近崩溃。

那一晚，他们坐在学校的操场上，对着一地坑坑洼洼的月亮发呆。后悔吗？她终于问了出口，也不看他，像是在问自己。这里好像真是比想象的还要糟糕。他叹了口气。明儿回去算了。她那一肚子想要问他的问题啥也记不起来了，她只希望这个错误的决定能尽快修正。回去？太不负责任了吧，要不，先看看，要还是不适应，明年，等有了新的老师来，我们再另谋他路。他说得好像无从反驳，责任？他们之间看上去也只剩下这两个字了。

很快，他们到来的消息传遍了整个村庄，邻近的村民都热心地过来探望，送来油盐柴米，瓜果蔬菜。他像位男主人一样热情地接待来访者，他学着包饺子，做家乡菜，将宿舍里的桌椅都搬到了操场，摆起了长桌宴。她则像位刚过门的新媳妇，羞涩、忐忑不安地给他打下手。等到开学的那天，一大早起来，三个年级，二十五个学生，就已带着笑容整整齐齐地站到了操场上，他们大都赤着脚，衣服穿得也不太合身。在办理入学登记时，站在最后的一位小姑娘，给她送了一盆不知名的花草，叶片长着层细小的绒毛，缀着黄色的小花，种在一个褐色的陶罐里。那是个有着双月牙般眼睛的小姑娘。谢谢你，它叫啥呀？她问。小姑娘说：我叫它苦茶，大人们用它的叶子来泡水喝。你把它放在床边，可以驱蚊。苦茶？它很苦吗？她略微皱了下眉。很苦很苦，比这世上所有的药都苦。小姑娘说到苦，很认真很绝望的样子，她都忍不住笑了。但我婆说了，就是这苦才有用呢，可以治很多种病。苦才有用，她心里一下子被触动了，看着远方，暗想，眼下吃的苦都会有用吗？

苦茶。是这个？安端起来喝了一口，闭着眼使劲咽了下去。哇，太苦了，还真是名副其实的苦茶。安忍不住吐了吐舌头。其实它有自己的名字，村民们叫它土黄莲，它一般长在悬崖处的岩石缝中，清热解毒、止血止疼。你刚喝下去，确实是苦，但过一会儿，你就能感觉到它的甜了。她如同在介绍一位旧知与安相识，苦口婆心，生怕这位旧知遭人怠慢。

苦，似乎是她对流水小学最初的认识。她想起母亲时常跟她说起幼时跟外婆住在乡下的情形，冬暖夏凉的木瓦房，鸡鸭成群的小院落，和伙伴们读书嬉戏的学堂。母亲的描述里因为有着对外婆的眷念，充满了美好的意味，而流水村却彻底颠覆了她在心里对乡村生活的向往。木瓦房、小院子又或是学校，只需一场雨，就能弄得人仰马翻。房前屋后全是泥泞，学校在山路下方，积水像口井一样深不可测，举步维艰，寸步难行。她已经没有心情去跟他讨论他们之间情感上的问题，他的疏离还比不过一顿饭、一段路程、一趟厕所对她产生的困扰。

他却很快融入了流水村的生活，浑身充满了干劲。村里多是些"空巢"老人，青壮年都外出打工了。他找不到人搭手，自己挖排水沟，清扫淤泥。我联系了货车师傅，周末拉车水泥、沙子过来，我要把这操场洼的地方填平了；这厕所太破了，我得重新用砖砌过；这厨房，我得弄扇窗户出来。他总会冒出新的想法，像个小孩儿一样想求得她的关注和表扬。某天，他指着校园内最里侧的角落说，我要把这里砌成一个小花园，你喜欢什么花，我找来种上。他向来不会有热烈的表白，对她的好，不像恋人，更像夫妻。种苦茶吧。她脱口而出，没有丝毫犹豫。是苦茶，而不是土黄莲，她刻意把它的药性给隐藏了，她要把它当作一种普通的植物，苦，才能成为最无关紧要的东西。啊,行,我把这里都种上苦茶。他的惊讶几乎是一闪而过,立马热情洋溢地应允着。

行动最具有感染力,她很快与他为伍,亲力亲为地改造着流水小学。一砖一瓦、一草一木,都倾尽心血。有时候,坐在那个种满苦茶的小园里,她会有一种错觉,像是在流水村生活了很多年,与他已是夫妻,这所学校就是他们的家园,而那些学生就是他们的孩子。

听起来,像童话。安一脸的羡慕。美好的爱情都是别人的,要是让我和那货守在这个小学校,估计一天得吵八百回。吵架当然不会少,你以为真是到了世外桃源,所有的矛盾都已消除?她摇了摇头。

某天,学校来了一位中年女人。他正上着课。那女人风尘仆仆,个头不高,短发,穿着件黑色的短风衣,板着张脸,气势汹汹的样子。她本能地有些戒备。请问您找谁?到这个鬼地方来,是你的主意吧。那女人的声音里带着股敌意。她瞬间明白,是他的母亲兴师问罪来了。但仍然慌乱,难以适从。阿姨,不是,到这里来是天意。她拼命地摇着头,不知该如何解释。还天意,你糊弄谁呀,你不愿到陕北,那就好聚好散哪,干吗把他拉到这里来受苦?他的母亲仿佛遭受到了天大的冤屈,咬着牙,直盯着她的眼睛不放。她杵在那里,有些心虚,想想,此前所有的谈判,作为未来的姨婆已开诚布公、严守底线,但捂在手心里的宝贝,还是被人悄悄盗走。他的母亲怎么能对她有个好脸色。

那天晚上,在学校的操场里,满地银色的月光,苦茶的涩香时隐时现,她们各自坐在一只矮凳上。一会儿是她面对着一对彼此寸步不让的母子,一会儿又是她和他共同面对着一位伤心欲绝的母亲。人拉拉不走,鬼牵你就跑,你这个孩子迷了心哪,假期里把你守着看着,就怕你跟着她跑,这是个什么鬼地方,你就不管不顾地跟她来了,我白养了你这个儿,我这命啊真是苦哇。她知道这一字一句都满含着一位母亲身上的血泪,她仿佛看到了自己,坐在矮凳上,耷拉着脸,脖子上挂着写有"狐狸精"的木牌。她默默地起身回到了房间,躺在床上,脑子里啥也不愿去想,当然,就算去想,又哪里想得出两全之策。

这么说来,这个男人重情重义,假期失联的事,你可是错怪他了。只是,他的母亲你们还未搞定,你的母亲估计也该上场了。安像个预言家,一脸期待地看着她。不,他的母亲被他说服了。她当初其实也觉得挺意外的。

他的母亲走以后,他才告诉她,说服他母亲的不是他,是那些孩子。母亲给他一夜的时间考虑,回家,或是永不再相认。一大早,母亲就站在他宿舍门口,眼睛红肿,面容憔悴,他的决定难以启齿。正当这时,一个小孩儿竟蹿到了跟前,老师,给您,还热着呢。一个热乎乎的鸡蛋塞到他手里。是个三年级的学生,父亲五年前就已去世,母亲当年就改嫁了,他跟着爷爷长大。你自己吃呀。他知道那个孩子一定还空着肚子。不，这是给老师的，不要嫌弃，也不要嫌弃我们，不要走。山里的外来者很少，他母亲的到来以及潜在的危机在村里大约已人尽皆知。男孩儿的声音夹着羞怯，说完，就转身溜走了。他没穿鞋。母亲有些惊讶。这里的孩子大多赤着脚。他平静地回答。他还穿着短袖，现在是秋天了，他妈是干吗的？母亲似乎也忘了问他要决定。他没有妈妈，这里的孩子父母要不在外打工，要不离世改嫁，留在身边的只有一两个，他们多跟着年迈的爷爷奶奶生活，到了冬天，说不定都还穿着短袖。他依旧平静地回答。母亲立时呆住了，张了张嘴，却什么也没说出来。

他母亲离开的时候，学校门口停着辆拖拉机，有几个村民在那儿候着。老师，你放心吧，我们把孃孃送到城里坐车。太好了，车开慢一点哦。他挨个敬着香烟。那个带不走自己孩子的母亲满眼的不舍，擦肩而过时，在她耳边丢了一句：照顾好他，早点回来。

那天，她主动打了电话回家。母亲在那一头等待已久，你去了陕北？没有，在贵州呢。她将当初她和他内心的矛盾，近于荒唐的决定以及流水小学的一切都毫无保留地告诉了母亲。好一阵过去，她听得母亲在那一头哭泣。别苦了自己，你要是想去陕北，妈妈同意。那个一直要强的女人，唯一的软肋，就是独自带大的女儿。她鼻子一酸，眼泪一下就出来了。

明年，新的老师一来，我们就回去，去江西还是陕北都行。她说的时候，像做了一个重大的决定，一点商量的余地也没有。好，听你的。他应承着，眼睛却盯着对面的大山，若有所思的样子。

之后，除了上课，他把所有的精力和工资都投到了学校的改造当中。想到要离开，她也从未阻止。待春天到来时，一有空闲，他就往山上跑，每次回来都能带来一两株苦茶。小花园里种不下了，他就在操场外找了块空地种上。你这是？我在做实验呢，我想看看如何能让它们繁殖起来。她听了仍然一头雾水，很惊诧地看着他。我问了药商，这东西值钱呢，要是能把它发展起来，孩子们的父母就不用外出打工了，在家不仅能挣上钱，还能照顾好老人、孩子。他仰着脸，眼睛里带着孩童般的纯真和美好。

周围的村民们也渐渐知道了他的想法，都主动陪他去挖苦茶。但他总是婉言拒绝、独自前去，因为苦茶只长在悬崖边的岩石缝里，采摘本身就是冒险。好多次，他都挂着伤回来，她一边数落他，一边给他清洗伤口，上药包扎，他闭着眼咧着嘴，疼得冷汗直冒。不要再去了，若是出个什么意外，还让我怎么活？她的嘴唇上咬出血印，眼泪滑过脸颊。能有什么意外？跌下悬崖？落入虎口？他当作是在听笑话，捏了下她的脸，哈哈笑起来。他太过自信了，总以为能化险为夷，却不承想，有一次他一早出去采苦茶，脚底踩滑，滚落到岩下，动弹不得，到了下午，才被村民们找到。她隔着老远，看到村民们抬着个人走过来，那脚上的鞋她认得的，是她新给他买的，眼一黑，脚一软，她直接跪在了地上，眼泪一颗也流不出来。从此之后，他老实多了，也很少上山了，买来书，学习药植的扦插繁殖，也在网上请教专家，了解苦茶培育的特性。她心里还是有些担忧，悄悄去了当地的教辅站交辞职报告。你们还是应该慎重些，特岗教师要工作满三年才能报考其他的职位。现在辞职，等于是当了逃兵，会在档案里留下这一笔，百害而无一益。只此一句，将她大半年来的期盼击得粉碎，那份辞职报告被她撕成了碎片，一路上走回学校，眼泪都快要流干了，她骂他荒唐，骂自己缺心眼，怎么就稀里糊涂地到了这步田地。她想起大学的同学们一直把他俩奉作典范，常常在QQ群里称他们为神仙眷侣，可同学们都没吃过苦，怎么会懂得在哪里过与跟谁过一样重要。

这么说来，三年一满，你俩就应该走了呀，再说明明你比他更想离开这里，可现在为何只见你，不见他呀。安皱着眉，心里有着一万个问号。她的脸色渐渐暗沉下来，看了看桌上的时钟。聊着聊着，把时间都快忘了，你问问你朋友到哪里了，我先去把饭蒸上，再估着时间炒菜。她说着，便起身下了楼。

安紧随其后，舞了舞手机，按捺不住地喜悦，天哪，他来竟然是跟领导申请来这里驻村的，他还给学校里的孩子们带了礼物，这货，我还真是小看他了。安的笑声像可乐里冒出的气泡。陈老师，我大约明白了，其实，如果两个人真想走在一起，如果能帮助到身边的人，苦也会觉得是甜的，对吗？她似乎是点了一下头，却什么也没说。安的好奇从未打消：那个李老师，如果他一个人回去，他真的舍得？他舍不得。她答得很果断，手里却一直忙个不停，盛米、淘洗、蒸饭。他肯定不愿去江西而回了陕北，可就为这，你就赌气留在这里？安继续追问。他没回陕北。她把一块洗净的猪肉，放在刀板上，咚咚嚓嚓地剁了起来。电影总要散场，故事总不能只听半截吧，安一副打破砂锅问到底的样子，那他去了哪里？他哪里也没去，一直在这里，从未离开。她沉默了片刻，回头答道，声音过于坚定，不容置疑，安竟有些给惊住了。

她的厨艺不错，脆皮腊肉、麻婆豆腐、黄花肉圆汤，色香诱人。她盛好饭，摆上桌。

这山里条件有限，凑合着吃吧。她坐到安的右边。

她的对面摆着一副空的碗筷，安一脸讶异。

吃吧，不等他了，我给他留有饭菜。他呀，在地里忙起来，就忘了时间。她指着操场外的那块地解释道，举止像一位在婚姻里多年的妻子，毫不掩饰对另一半的迁就和爱意。

安满腹疑惑，起身走到操场外。除了一片苦茶，一片绿叶丛里缀着的黄花，安啥也没看见。

雾　坨

黄超这次的错误可犯大了，开除他都有多余的，你们做家长的来把他领回去算了。电话里，张老师斩钉截铁，不给她任何退路。她刚好开车到单位的地下车库，车迅速停稳，张老师，他到底犯了什么错？你让我有个思想准备吧。我一说，你可不又得给我讨价还价，觉得事情还没到必须请家长的地步，为挽救你的孩子，我劝你还是赶紧来。张老师像对付一个老赖，将硬邦邦的话甩给她后，果断挂掉电话。她把电话回拨过去，只听到一阵忙音，形势比想象中严峻。她使劲捶了下方向盘，随即又定了定神，关上车窗，一遍遍地给老黄拨电话，没人接，给老黄发微信语音，拜托，你替你儿子操点心好不好？她的嘴唇有些发抖，眼泪欲夺眶而出。

深呼吸，打开车门，朝电梯口走去。她安慰自己，鉴于之前张老师在电话里列举超超的斑斑劣迹以及她对超超的了解，她猜测，也许事情不算太大。她想等等老黄的回音，两口子商量一下，最好他去，父子之间、又或是与张老师男人之间，更容易理解、沟通。

在办公室里心绪难定。坐在对面的静亚好几次拉起话头，都被她无情地斩断。她关注着微信家长群，信息还停留在头一天，没发现任何蛛丝马迹。老总打了两个电话来，提醒她第二天的会议，她想起手上的财务报告还未写完。文档打开，好半天，却一个字也没冒出来。她想她的超超能犯什么事？他又是从什么时候开始惹事的？她想不明白，一年多前，超超还是她的骄傲，小升初的成绩一公布，语文、数学共199分，亲戚、同事们问起，她想谦虚点都显得有点做作。那会儿老黄乐得走路都在唱小曲，亲戚朋友们大多建议，让超超去市里念初中，为将来考市里的重点高中打基础。她打心眼里舍不得，才多大的孩子，就离开爸妈。老黄是听进去了，不声不响地就把超超读市一中的事定了下来，等到开学时，爷爷奶奶欢天喜地收拾细软，搬到市一中附近的公寓时，她才恍然惊觉黄家把超超的一切早已安排得井然有序，她的存在跟一个保姆没有分别。

到了下午四点，依然没有等来老黄的回音，她有些坐不住了，再打张老师的电话还是未接。老爷子今天过生日，我得先走会儿，你帮我顾着点。她跟静亚打着招呼，假扮一脸喜色。静亚如同往日，一副了然于心、大义凛然的样子，放心去吧，大脑壳若是来问起，我就说你去银行了。

去往市里，这条路她其实每周都会跑，可在张老师看来有些事等不到周末来处理了。最早的那次，张老师通知她到学校，火气很足，言辞近于命令，她拿不准事态的严重性，试探着问起超超具体的情况，张老师说他上午上课时一直在打瞌睡，据经验判断，这是个不好的苗头，应该是晚上没休息好，在打游戏。她那会儿的确有些迟疑，打瞌睡与打游戏有必然的联系吗？会不会是这孩子身体的原因，感冒、发烧了？能不能先找超超或者家长了解一下原因？再说了，就算是排除身体的原因，能不能再等两天，到了周末，再来解决？起码不给家长和孩子增加太大的心理负担。她在电话里委婉地提出建议。不要小看这些已经暴露出来的小苗头，必须防微杜渐，生活上可以交给爷爷奶奶，思想和学习上，做父母的可不能丢得一干二净，你们要是不重视、不配合，老师也只能尽力而为，三年后就等着后悔吧。张老师在那一头，拿着腔调，又敲了敲警钟，她哪里还敢犹豫，火急火燎地往学校赶。傍晚时在学校门口见到了张老师，背着手，略微隆起的肚腩，嘴唇上还有油光，刚在附近吃完晚餐的样子，稚气未脱的面容已经看不到弥漫在电话里的那股子火气了。黄超同学虽说是第一次被发现上课时打瞌睡，但月考成绩今天下午刚出来，年级排名他下降了三十多名，这说明我的判断绝不是危言耸听。张老师的话掷地有声，在她心里无疑是一阵猛击，先前有过的犹豫、怀疑都变成了恐慌和担忧。杨姐，我要去上课了，你听我的，过会儿孩子下了晚自习，你跟他好好沟通一下，要了解他的思想动态呀，毕竟换了个环境，未必能马上适应。张老师一边说着，一边跟她挥了挥手。她还没有回过神来，张老师已经消失在学校大门内，那次的见面、谈话是单向的，短暂而仓促，她作为接受和执行任务的一方，甚至都没来得及表态承诺。

之后，她又去了学校两次。像是因任务执行失败而前去请罪，羞愧难当，失望透顶，在张老师的一番激励鼓舞下，又重新燃起希望，调整战术，继续去执行因失败而难度不断攀升的任务。

这个过程跟老黄打游戏类似，但不同的是，老黄越战越勇，而她却越来越怕接到张老师的电话，就像握了颗炸雷。那个曾经聪明听话的超超不断刷新纪录，沉迷在游戏中、奔赴在逃课路上，又或者在厕所里吞云吐雾被抓了现行，每一次都觉得触底了，可就像股市一样，你以为该反弹时却还是在无尽地探底。

出了县城后，路开始沿着山盘延而上，到了另一座山头，再又绕行而下，总让人恨不得把路捋直了再走。她想起有一年，表妹带着表妹夫开车回来举行婚礼，到家后，周遭的亲戚朋友都等候已久，想看看表妹夫的样子，哪里想到那个据说是北大在读博士的大男人，脸色发青，双脚发颤，开口的第一句竟是，原来那首歌唱的是真的，山路真有十八弯，跟鬼门关没有区别呀，我这胆汁都吐出来了。这话不是第一次听到外地人说起，可大家跟第一次听到时一样乐不可支，笑得扬扬得意，仿佛身在山区，最拿得出手的东西又一次不负众望。表妹夫原本相貌堂堂，那时也狼狈不堪，头发像包草，衣服上还沾染着呕吐的秽物，表妹在一旁叹气，催促着丈夫赶紧去洗澡换衣。她心里有些苦涩，也就是在那时，她无比清晰地感觉到自己的儿子不能再像她们一样安于小城的生活了，而去往大山以外的世界，大约就必得经历这死里逃生的十八弯。

过了塔县，是被称作雾坨的地方，树木层叠，湿气变得厚重，云雾缭绕，是驾驶员们都怕的一段路程，她在心里给自己捏了把汗，方向盘握得紧紧的，像蜗牛一样爬行。直到雾气变薄，道路渐缓，她才如释重负。电话一直沉默，她拿不准老黄的动向，手机掉家里啦？或者调了静音？谁知道呢。太阳已经落下山头，天色发灰，远处开始有零星的灯火，像极了她竭力去维护的那点希望。半小时后，她站在了张老师的办公室里，手足无措。杨姐，我劝你还是把孩子转回你们县里读书，要不，这样下去可就毁了。张老师坐在一把椅子上，仰着头，深思熟虑的样子。她有些始料未及，鼻子发酸，眼泪像受到了召唤，就快要溢出眼眶。这孩子胆太大了，还很有经济头脑，今天上午被保安抓住，在学校里卖烟呢。一支蓝黄卖到五块，不得了哇，这可是翻了十倍呀，他根本就不是来学习的，是来挣钱的。张老师边说边拍打着桌子。她惊得忍不住后退了一步。张老师，能不能现在就把超超叫到这办公室里来，我想当着老师的面问问他，他是不是被什么人控制了，在舍身为别人谋利？他从前不是这样的，真的，整个小学六年，他都是其他同学的学习标杆。她强压住自己内心的软弱，说话时，肩膀不自觉地在抖动。杨姐，你也太能想象了，还被人控制，超超变成现在这个样有很多因素。我这当班主任的已经尽力了，但凡有点风吹草动，都第一时间跟家长沟通。我还是那句话，把他转回去读吧，否则继续下去，等到酿成大祸，你后悔就晚了。张老师一点没有松动的意思。她心里有些慌乱，手机突地响起，她恍如抓住了救命稻草，跟张老师抱歉地指了指手机，转身到楼道的角落处。老黄终于发声，在电话里，她把超超的情况简单说了一下。那一头就乐了，这孩子随我，挺精明、胆大的。还笑得出来，老师劝我们给他转回去读。转？不必吧，初中都过了一半，转回来，他又得适应一段时间，影响成绩。再说，这也不体面哪。老黄比她沉稳，可从来都是站在幕后。电话里，她依稀听得男人们推杯换盏的声音。挂了呀，你好好跟张老师说说，这孩子犯的错也不是罪不可赦。老黄永远是不以为意的样子，令她特别讨厌和无助。

再回到张老师眼前，有些矛盾、心虚。因为她忽然也怀疑，转回去，真的就天下太平啦？她试着换了一副语气来说，张老师，要不，过会儿我把超超接回去，跟他好好谈一谈，一定让他深刻认识到错误，写保证书。请你再给他一次机会，都初二了，他的成绩也不算太坏，考重点高中的希望很大。她的眼神里充满了祈求。张老师靠在椅子上，带着点审视的意味看着她，就像马戏台下的一位观众对着表演拙劣的小丑。她有些无地自容，脸庞发烫，因为类似的话每一次都在重复，每一次开口都希望是最后一次。而事实上她像个一贯的说谎者,信任已经透支,说出的话连自己都不敢相信。

从张老师办公室出来,有些虚脱,她看了一下时间,离下晚自习只有十分钟了,她悄悄走到楼道边,躲在暗处。她看那些坐在教室里的孩子,面容干净、目光清澈,伏案学习的样子真是好看。这所学校是市重点中学,环境好、师资强,唯一值得挑剔的是它在市中心,围墙外就是商业街,喧闹、繁杂。这也是她当初不太满意的原因,老黄未经商量就擅自做主,大约是源自公公姨婆,二老作为陪读者,又已经年老,有权提出生活便利的条件。她不便表达自己的不满,这些年来她和姨婆之间的关系始终坚守着礼节和距离。每个周末,她欲从姨婆那里了解超超的动态,都像是在拔一颗异常顽强的坏牙。所有的问题,都可能被扭曲和误解,姨婆从解释到纠正再到诉苦,每一个环节都把握得分毫不差。她听得头大,不自觉地倒吸口冷气,仿佛血流了,那坏牙还在。

下课铃声响起,她全身一下子绷紧,快步往校门口赶。看到超超走出来时,原有的委屈、焦虑、怒火全都没了,那个瘦小的人影,低着头,像穿梭在枪林弹雨中,小心而又急促。她叫住他,挽住他的手臂。超超怔了一下,没表现出惊喜,手臂不自觉地往回抽了抽。她佯装热情地说:我出差呢,还没吃饭,陪我去前面的肯德基吧。她一点不想去考虑十多分钟前在张老师面前做出的承诺。这是她十月怀胎,捧在手心里长大的孩子，她想让他快乐，像小时候一样，手里攥着个小皮球都能满足得开怀大笑。超超点了点头，也不言语。

她按着超超的喜好，点了两个套餐。将她已列入黑名单的食物宽容地请上桌来，倒像是一种奖赏，一种鼓励。她希望超超先开口，主动说起。从以往两人的对阵来看，超超发挥得比她稳定，颇有点敌进我退，敌退我进的大将风范。一个鸡腿下肚，超超依旧沉默着。她终于按捺不住，从下月起，给你的零用钱涨百分之五十。她说话间，仔细观察着他的表情。不用了，我够花的。他头也不抬，果断拒绝。这多少有些激怒了她，真的够花？超超点了点头，一言不发地继续啃着鸡腿。她彻底被引爆，钱够花，你还去卖烟？你是被人威逼利诱的吗？她突然就变得义正词严，像是被张老师附体。超超猛地抬起头来，瞪着她，眼眶发红，嘴里一大口肉囫囵地吞下去后，再不肯说一句话。她后悔不迭，明明想走温情的慈母路线，却还是又回到了严母的轨道。你说话呀？她索性丢开那些垃圾食品，抹净了嘴，很严肃地说。超超别过脸去，眼睛落在墙上的一幅油画上，抽象的、不知所云的图案，像极了她眼里那个日渐陌生的孩子。沉默成了挑战母亲权威的利器，超超冷静得简直不像个孩子。你让我说你什么好？你的班主任张老师不想要你了，你拖人家班级后腿了，你知道吗？她的语气有些恶毒，眼睛里都快长出个钩来。她真是讨厌站在张老师面前接受训导的样子，仿佛成了罪恶滔天、十恶不赦的罪人，不自觉地会变得畏缩、变得羞愧，变得无地自容。周围有奇怪的眼神投射过来，似乎还伴着窃窃私语。超超突然起身往外快步走去，她愣了愣，随即紧跟其后，心里一阵紧锣密鼓。她想起头两天在单位里听到的传闻，一个十三岁的男孩从大桥上跳了下去，同事们像是背地里还兼职做新闻记者，对于一些细节的讲述如同亲临现场，对出事的男孩子家里几代人都摸得一清二楚。他爸呀在外打工，她妈是家庭妇女，专职陪读，唉，还是家里给他的压力太大了，父母的关心又太少了。对，对对，据说这孩子迷游戏去了，要不说手机、电脑害了一代人呢，这孩子学不进去，他妈又逼得紧，唉，一点没犹豫呀，走到桥中间，一下子就翻下去了。她越想越害怕，心里后悔极了，怎么就脱口而出，把话说得那么难听呢。她加快了步伐，紧盯着那个身影，穿过热闹拥挤的商业街，在迎将桥桥头，一把将他拉住。超超奋力甩开她的手，继续往前走，她追上去，在后面紧拽着他的衣服不放。她心里已经忘了这孩子犯过的错，她想像从前一样把他搂在怀里，亲吻着他的脸蛋。她可以不再要求他去考重点高中，也有耐心去等待他改正错误。超超像受了刺激的烈马，不肯回头看她一眼，过了迎将桥，朝状元公寓走去，她才松了口气。紧跟着进了电梯，按下七楼的按钮，在打开门后，两人一前一后走了进去，超超迅速进了自己的房间，把门摔得哐一声。坐在沙发上看电视的姨婆立马收住了脸上的笑容，起身看到她，愣了一下，随即有些责怪地说，你又吼他了呀，他还是个孩子呢，有什么事不能好好说的。她顾不上跟姨婆解释，心里还是恐慌，犹豫着要不要去敲超超的房门。突然，门咣的一下打开，超超一下子蹿出来进了卫生间。她在心里松了口气。

当晚回去是不可能的了。她走到阳台上，给静亚打了电话，委托她参加会议，代做汇报。静亚觉得意外，跟她打趣，是不是打算把老爷子的酒给喝完了。她哈哈大笑，装作没心没肺的样回应着，那当然，难得喝一回不是。挂了电话后，随即又酝酿了一下，拨通老总的电话，她装出撕裂的嗓音，小心地解释着不能参会的原因，说着道歉的话。那一头，依旧是高高在上，惜字如金，尽管没做批评，但也非常勉强。姨婆把电视关了，走到一旁，脸色柔和了些，轻声问道，超超是不是又犯事啦？她点了点头，把张老师的话简单地复述了一遍。姨婆就开始声泪俱下，老师是不是没调查清楚哇，咱超超挺乖的呀，要我说呀，是不是因为我们是县里来的乡巴佬，超超被逼得给人当了替罪羊。她惊讶极了，看着姨婆说不出话来。我也是听说的，这学校重点班里的孩子大都出自权贵之家，超超也有可能被排挤呀，再说了，网上不是经常报道校园欺凌吗？姨婆的脸上布满了忧伤。她有些蒙，脑子里像塞了团乱麻，怎么也理不清。姨婆说的话不是没有可能，若是当真如此，那这一年多，超超真是腹背受敌，一方面是张老师的围追堵截，另一方面作为家长的她和老黄也紧跟在后穷追不舍，超超除了认罪投降，所有的证词都是狡辩。她心疼不已，半天时间，就像坐过山车一样,心情剧烈地起伏,眼里的情形亦真亦幻,很难确定下一秒里自己会有的立场。

姨婆的忧伤极为短暂,很快又陷入了自己营造的泥潭里难以自拔。每天七点就得起床做早餐,八点去菜市买菜,十点开始做饭,午餐收拾完毕都快一点了,接着洗衣服、打扫卫生,到了下午四点又做饭,打扫厨房。晚上还得给超超做点夜宵,他正是长身体的年龄,营养必须得跟上。我一天就跟打仗似的,一刻都不能停歇。这段说辞大约重复了上百遍,她仅有的感激已被挤压得所剩无几,有些敷衍地点着头。你公公我是指望不上的,他呀从不会帮我搭个手,吃完晚饭就去公园跳舞了,快活得很喽,你看看,这都快十点了,也不见回来。哎呀,不是为顾我这孙子,我早回去了。姨婆说着又抹了一回眼泪。她愣了一下,她从没发现过公公有这样的爱好。在家的时候,公公最喜欢挂在嘴边的一句话就是秤不离砣,公不离婆。无论去哪里,都要拉上姨婆。来市里,公公姨婆也是满心欢喜的,逢人说起,一脸骄傲,孙子考上市里的重点中学了,我儿子在学校附近租了公寓,带电梯的,开窗就能看见河,出门就是商业街,方便得很。乍一听,仿佛不是去陪读,是去享福的。倒是她憋着一肚子气,没有声张。她记得当初的情形,老黄开的车,超超坐副驾,公公姨婆和她坐在后排。后备厢里塞得满满的,姨婆却仍有些遗憾,反复交代老黄,家里还有两箱当紧的物品也要尽快送来。超超眯着眼,始终没说什么话,似乎对新学校没有丝毫的期待。而她当然还是因为有一股子气，不敢开口，怕积蓄很久的怨气都变成了带霜的尖刀。姨婆大约觉得太过沉闷，语重心长地说着，超超，到市里读书可比在县里读费钱得多，你爸挣钱不容易，所有心思都在你身上呢，你要知道珍惜哦。超超不领情，一个字也不肯给，侧过身去，佯装睡着。姨婆也不在意，继续如数家珍般列举老黄为家庭做出的贡献，她当然知道这话有一半是说给她听的，算是给老黄常年不落家的一个冠冕堂皇的理由。从前，她在姨婆面前有过抱怨，妄想能获得理解和支持，后来才知道她犯了大忌，天底下的母亲都一样，根本不能接受任何人说自己孩子的不是，尤其是媳妇。她与姨婆没能结成同盟，反倒成了暗里的敌人。

那听老师的，把超超转回去读，我来管。你和他爷爷也还跟从前一样，该吃吃该玩玩，你就不用觉得委屈，跟他爷爷生气了。她打定了主意，看着姨婆认真地说。姨婆显然惊着了，抹干了眼泪看着她，不敢相信的样子，你这说的是气话吗？你跟我还生气？我们做父母的还要怎样，带大了儿子带孙子，你还不满意了？姨婆两眼瞪着，像受到了天大的冤屈。妈，我跟你生什么气？这是老师的建议，超超不适合在这里学习了，这一年多来，他犯了多少回错？你都看到的呀。她下意识地压低了嗓门。回去，我这张老脸不要了呀，逢人问起怎么说？媳妇嫌我带不好孙子，把我扫地出门啦？姨婆气急败坏，把她当外星人打量，愣了好一会儿，突然奔向卧室，门咣的一下，她心里积了多年的尘埃像雪一样纷纷落下。她也才忽然惊觉这脱口而出的话还真是眼下最好的选择，都说隔代教育是失败的，再者，她也讨厌在张老师面前装孙子，更讨厌在姨婆面前像个欠账不还的无赖，而这一切竟还得搭上越来越糟糕的超超，她何苦还要坚持？这样一想，局势就发生了变化，她要面对的就不再是张老师了。而是老黄和公公姨婆。

她知道，这会儿老黄的手机一定占线，姨婆眼里她所有的不是又将被添油加醋地一一列举出来。她都能想象，对母亲言听计从的老黄，一定会义愤填膺地表达不满，继而施予安慰和承诺。类似的情形她不止经历过一次。一开始，她也曾犯过傻，跟老黄掏心掏肺地陈述与姨婆之间观念上存在的矛盾。饭菜的油盐太重、隔夜的饭菜仍然端上餐桌、对超超太过溺爱……她天真地以为她能通过老黄说服姨婆，而老黄却只是皱着眉头看着她，我没觉得呀，是你的口味太淡了，对超超也太敏感了。问题就此被终结，再提起，老黄就沉默以对，摔门而去。她很苦恼，跟娘家的母亲说起过，可在家里父亲历来甘愿俯首称臣，母亲根本没机会去积累类似的战斗经验。母亲是爽快人，让她当面锣对面鼓地跟姨婆敞开了说，好的不好的都说，这样大家才能不见外呢。可事实，她的锣鼓才敲响，姨婆就已排兵布阵，坐等好戏了。先是老黄，提高了分贝，从气势上对她进行打压。再是公公，言简意赅、掷地有声地从伦理、道德上对她进行批判。最后是姨婆，晓之以理、动之以情地恩威并施。她无力招架，溃不成军。那个时候，她就清楚地知道，要想天下太平，她这个"外人"就得装聋作哑，就算是在大是大非面前，也只能暗地里把握住自己的立场。

不出所料，半小时后，老黄打来电话，她转进了卧室去接。怎么回事呀，你跟老人家有什么过不去的？老黄的舌头有些打结，电话里还夹杂着嬉笑的声音。谁跟谁过不去呀，我是觉得老师的建议是对的，还是把超超转回县城读吧。她一点不想生气。转什么转，不是跟你说了吗？跟张老师认个错，再让超超写个保证书，老师气消了，咱继续读。旁边似乎有人在催促，老黄扬着声，不耐烦地说着。总是去认错，去写保证书，这次你来试试，你来跟老师赔礼认错。她一字一句地说着。你还有理了，啥都等我来，要你干吗？再说，你是不是傻，把超超转回来让人看笑话吗？哪个男孩儿不调皮，你耐心点可以吗？老黄跟以往一样，话一撂，就把电话挂了。她心里堵得慌，她的决定从来都不能代表她的决定。客厅里传来拖鞋走动的声音，接着是饮水机，咕噜咕噜的，少顷，又听得姨婆在叫超超吃水果。所有的一切都披上了再正常不过的外衣，她倒显得有些矫情了。穿鞋，快，洗了手再来吃，你喜欢的西瓜、葡萄都有的。伴着超超光脚踩地板的声音，姨婆亲昵地催促着。这分明是在跟她较劲呢，她心里像搁了一块烧得通红的铁块，难受极了。出去，若是超超还摆着张臭脸，那姨婆岂不得意？她在家里的"外人"身份又一次这么直白地显露出来，姨婆摆好了阵，正等着她举手投降。

　　还在犹豫，静亚从微信上发来一个打着瞌睡的表情，报告呢？还没弄好吗？发来我熟悉一下，别让我明天出丑。她才恍然记起报告的事，还没完成呢。明天早上六点钟前发给你，吃早餐的时候你熟悉一下，没问题的。她叹了口气，把笔记本电脑打开，继续还未完成的报告。工作上，她一直都是兢兢业业的，加班是常事，挨领导批评也在所难免，这也是让老黄笑话她的地方。不止一次，在家庭聚会上，老黄拿她开涮，超超他妈可是个优秀的共产党员、先进工作者，干着民工的活、操着老板的心、拿着低保一样的工资。亲友们很捧场，看着她，哄堂大笑，她不知道还可以自黑解嘲，脸唰的一下红了，如坐针毡。类似的话，从她同事口里说出来其实更加难听，一个女人家，家里也不缺钱，何苦在工作上争强好胜呢。就不怕得不偿失？以此进行延伸的各种不怀好意的假设她都隐约听说过，传的人有意把得不偿失几个字重重地说一回，颇有点警醒的意思，也正因此她迫切地需要给自己有所证明，她没有刻意地去争取过什么，只是恰恰实力允许，比旁人略胜一筹。从小职员做到管理层，职位上去了，工作反倒比从前更忙了，有时候就会很茫然，眼下的一切真是自己想要的吗？相比于对超超的教育，她有没有得不偿失？她其实是在意的，和同事们聊天时，一点不回避孩子的教育问题，她欣于将市一中的学习风气、师资力量放到放大镜下去说，在别人问起超超的成绩时，她会扮出谦虚淡然的样子说，挺好的，很稳定，唉，隔得远只能靠他自己了，我们做家长的也操心不上啊。她对自己的家庭有一个清晰的定位，很清楚如何能让旁人不至于暗地里幸灾乐祸地笑话她。当然，眼下是个劫，她不知道她是否会将她用心打造的完美的亲子形象亲手打破。她一边胡思乱想，一边赶着报告，将那些枯燥的数据精确地串连到整个文档里，凌晨一点多终于将报告完美地画上句号，发给了静亚。她蹑手蹑脚地去了趟卫生间，镜子里的那个女人真是憔悴、疲惫，像是刚刚经历了一场苦战，没有同盟，没有援军，甚至都还没有决出胜负，而更加坚决的战争就要到来，她，依旧是一个人。回到卧室后，辗转反侧，难以入眠。她冷静地思量，发现把超超转回去，除了面子，其实还有很多更现实的问题。先避开公公姨婆和老黄的阻力不说，县里的一中愿不愿接收？或者接收后能不能进入好的班级？就算这一切如愿，她自己是否真的有时间去陪读？而超超自己又是否愿意？一切都是未知，她蜷着身体，裹紧了被子，闭上眼睛，想象正慢慢沉入深海。

　　闹钟在清晨六点钟响起，她心里的矛盾和焦虑被重新激活，皱着眉，思忖着过会儿如何去面对张老师。超，水开了哈，面条、粉、饺子，你想吃啥？我这儿下锅。姨婆在厨房里忙活着，回头看到她，视若无睹。超超从卫生间里出来，跟她对视时不自觉地低下头去。待她收拾妥当，超超已经吃好，正提着书包出了门。等等，我送你。她紧追着出来，超超按住了电梯。站在狭小的电梯间里,超超的书包显得异常庞大,她忍不住伸过手去搂了一下那瘦弱的肩膀,超超没有躲开,母子之间绷得紧紧的那根绳索似有松动。挺沉吧,学习可是最累人的。她佯装什么事也没有发生过,一脸的轻松。嗯,还好。上课都能听懂吗?可以。你希望留在这里读还是转回去读?都行。对话在电梯打开的那一瞬间再难找到继续下去的理由,她告诫自己不能心急、冲动。深呼吸,以一个慈祥的老母亲重新去接近自己的亲骨肉的姿态。她正欲开口,超超突然冒了一句:我没有卖烟,那是我一个在学校寄宿的同学为逃避宿管检查偷偷塞在我书包里的,他今天会去张老师那里给我做证。她愣住了。你回去工作吧,不用担心我,我自己能行的。她还没回过神来,眼睛一热,张了张嘴,什么话也没来得及说,那位瘦小的能给自己拿主意的少年就已快步消失在人流当中。她杵在马路边,看上去跟身边擦肩而过的行人无异,但她知道她已经不同于从前了,她的儿子刚刚已向她宣布了自己在精神上的独立,如同十多年前在产房里,医生替她剪断脐带时,那粉嫩的肉团也曾用一声啼哭骄傲地宣告着自己的到来。

　　她坐在早餐店里给张老师发了一条长长的短信,吃了一笼说不出是什么馅的小笼包和一碗稀饭。接着去了趟超市,买了很多日用品,路过素食店时又打包了一盒麻辣的萝卜条,大包小包地拎着回家。公公姨婆已经出了门,她套上围裙,开始打扫卫生,地板拖得亮晃晃的,厨房里也细细地清理了一遍,已经晾干的衣服都叠得规规矩矩，她又将超超床上的床单、被套换洗了，书桌上草稿本、书、笔、墨胡乱地摆放着，她犹豫了一阵还是没敢动，书架上贴着便利贴，她俯下身去凑近了看，"听说长大是一瞬间，可明明很漫长啊"。字写得很用力，棱角处有着少年身上的坚硬，硌在她眼里已模糊成了一片。

从家里出来，开车，往回走。她啥也不愿想，在经过那十八弯时，一点没有平素的怕惧。路经雾坨，湿气被笼在山谷间，像在云雾里，她竟也没有半点担忧。她有着足够的耐心，对比左右的参照物，小心、缓慢地行驶。远处看上去路已然到了尽头，山仿佛已经断裂，而她心里无比清楚，路其实就在山的背后，走到跟前，总能看到。

你可消失了二十四小时，上午打你电话也不接，再晚一点，我打算去派出所报失踪了。她才走进办公室，静亚指了指腕上的手表，夸张地说。哎哟，我真该晚点来，看看有些人是不是早盼着我消失了。她笑着打趣。女人间，总是需要一些这样的玩笑话来缓冲工作上潜在的压力和矛盾。我可提醒你喽，上午的会上，大脑壳对你的报告提了些意见，小心点好，这两天千万别去他那碰钉子。静亚在门口探了探，回头提醒道。谢谢亲爱的，我最老实了，我就待在办公室，绝不主动现身。她从包里掏出一盒麻辣萝卜干递给静亚。谢谢，你总记得我好这一口。静亚给了她一个飞吻。她坐到电脑桌前，打开头一晚写的报告，查找着自己的疏漏。对面的静亚一边吃着萝卜干，一边跟她拉着家常，在提到孩子时，她一如既往脱口而出，挺好的，成绩很稳定，唉，孩子隔得远，我这做家长的操心也操不上啊。咳，孩子省心还不好，你可是最有福气的。静亚由衷地给她竖起大拇指。她便怔住了，脸有些发烫。老黄打来电话，说起他一直在周旋的生意上的事和晚间的应酬，声音有些嘶哑，言语里充满了厌倦，对于超超转学的事一个字也没提，她曾压抑的那点怒火，也了无影踪。恍惚间，她觉得，这二十四小时太过平常，仿佛她根本没有接到过张老师的电话，她也没有去过市里，根本就没有人发现她曾经那如切肤般的焦虑、失望，以及瞬间里对自己生活的全盘否定。

窗外，跟昨日的景致一样，远处的山脉依稀被薄雾笼罩，盘延的山路仍旧曲折漫长。

你的对面

你快回来吧。今天中午我过去看你妈,正说着话呢,突然就晕倒了,你大伯、伯娘帮忙给送到县医院的,现在都下了病危通知书。梅姨在电话那头很着急,话说得也有点语无伦次。她刚刚醒来,脑子里还很迷糊,母亲突然病危的消息着实让她有点不知所措。

她赶紧向梅姨要了银行账号,从手机上转了两万元的住院费过去。后又拨通大毛、二毛的电话,简单地告知了母亲病危的消息。电话那头的回应竟出奇地一致,年底了,不好请假,你是长姐,家里又没有什么拖累,你先回去看看形势,我争取赶回来。话说得干脆利落,但没有一点现实意义。

她胡乱地收拾了下行李,开车回沿城。这条路四年前才通的高速,车程从十个小时缩减到了四个小时,家,却依然陌生到只能用导航去连接。她记得第一次走这条路是在十四岁,中考刚刚结束,母亲将她托付给一个远房亲戚,搭车去省城找大姑。你是个大姑娘了,总该去见见世面,在省城有你大姑呢,让她领着你好好玩。走的头一晚,母亲如是说,父亲在一旁马着个脸，不停地咳嗽，地上丢了一堆的烟头。她从来都不是个贪玩的孩子，对于城市也没有什么具体的向往，而大姑只是早年的邻居，与父亲同姓，并不亲近。但在母亲的安排下，不容拒绝，她稀里糊涂地就坐上了车。车里除了那位她该叫叔叔的亲戚，还有他的两个同事。都是三十出头的样子，看上去精神又时髦，一路上聊的也都是单位里的事，在说起此行去参加的会议，都洋溢着笑容，抱着不同的期待，听上去既新鲜又有趣。她小心地靠在椅背上，手用力地抓住凳子的边沿，努力克服颠簸所带来的不适。闭上眼睛，假装睡着，耳朵却舍不得放过一个字眼，她能感觉到内心变得蓬勃，想象中的未来有一部分逐渐立体、饱满起来。到了大姑家，当天就被领到了一家米粉店。大妹，你以后上午在外面帮忙端粉、收拾桌子，下午就在这里面负责洗碗、洗菜。大姑妆容夸张而粗糙，说话时声音像打雷。她坐了一整天车，肠胃里翻江倒海，早吐得晕头转向，以为是自己听错了。喏，外面煮粉的你得叫琴姨婆，晚上，你就跟她睡这楼上。大姑朝外嘟了嘟红艳艳的嘴唇，又指了指头顶上用木板隔出的阁楼。她依然一头雾水，手足无措，她下意识地在心里搜索着她所知道的关于大姑一切，到省城近十年了，精明、勤劳，开了七八家米粉店，日进斗金，为人仗义，这些大都是从邻居们嘴里听来的。尤其在春节期间，在省城打工的人们都陆续回家，关于大姑的传闻因为有了当事人的参与，真实而富有情感，大姑简直被视为沿城女性的杰出代表。慢慢就适应了，有什么需要的你都可以跟琴姨婆说、跟我说，我隔三岔五都会来的。大姑拍了拍她的肩，雇主与帮工的关系就这么简洁、直接地建立起来。昏暗的灯光下，洗碗池里泛着油污的泡沫，带着残汤剩水的碗筷一摞一摞地占据了整个台面，空气中弥漫着洗洁精和泔水的气味。她在来的车上似乎已经看到的未来瞬间坍塌。

有很长一段时间，她是恨母亲的，母亲怎么能欺骗她呢。如果母亲当初与她商量或者坦诚相告，哪怕是假装一下民主，也可以给她一点自欺欺人的安慰呀。琴姨婆就笑她傻，还跟你商量，你妈这是把你给卖了，我干活再苦再累还能拿到工钱，你呢，工钱都贴你两个弟弟身上了，一个子也别想看到。她脸皮薄，眼泪根本挡不住，背过身去，哗哗直流。哎哟，别哭，没人疼你，琴姨婆疼。转眼间，她手上便多了一个茶叶蛋又或是几颗奶糖。她心里还是难受，一个人站在洗碗池前时，就会忍不住想起母亲当初编织的谎言，去省城见见世面，玩玩。母亲的话说得那么突然，没有一点根基，她竟然就信了。细想来，也不怪母亲的欺骗，只怪自己没有警觉，母亲想让她辍学，去打工挣钱的念头不是没有流露过。姑娘家读书真的有用？街头那冯家姑娘，读书都读成死脑筋了，没吃上公家饭不说，买菜做饭、缝补浆洗没一样会做。姑娘家会读书的也是有的，都考到北京、上海去了，一家人省吃俭用地供着，可一点没有用，嫁了人，就是别家的了。母亲说的时候，有一言没一言的，跟手上正缝补的换季裤子、袜子一样，不怎么当紧，随时可以拿起也即刻可以放下。因此，她一点没放在心上。

过第一个服务站时，她把车停了下来。地面是湿的，天空笼着层雨雾，她忍不住裹紧了衣服，快步走到餐厅。一早起来，颗粒未进，预计到家的时间得到下午四点了，她给自己点了碗牛肉面。餐厅里再没有其他食客，落地窗外，也看不见一个人影，冷冷清清的，她莫名地有些伤感，仿佛此刻这世上只有她一个人在饥肠辘辘地赶路，只有她的母亲生死未卜，只有她的母亲对自己的女儿不曾用心爱过。她对着一碗姹红翠绿、热腾腾的牛肉面，提不起食欲。喝了两口热汤，心里还是堵得慌，肠胃一点不想工作。手机响起，是梅姨。出发啦？嗯，下午能到。医生说你妈是脑出血，现在还未完全脱离危险。你妈的手机有密码，打不开，你有你舅的电话吗？总该跟那边说一下的。梅姨说着，长叹了口气。她还未来得及回答，只听得梅姨又继续说道，你应该没有，要不，你回来时顺道去通知一下，娘家人总该来看看的。

关于母亲的娘家，她幼时知之甚少，仅有的信息几乎全部来自父亲酒后的痛诉。那两个龟儿子是读书的料吗？一个比一个笨，你还给什么学费呀。还有，你偷偷汇过去的医药费，那些钱，是我的，是我累死累活挣来的，我他妈一身的病，都没敢进过医院。父亲似乎更委屈，瞪着血红的眼睛嘶吼着。母亲羞红了脸，把大门掩上，坐在堂屋的角落里低着头，一句话也不说。父亲本分老实，平素话少得可怜，也正因为如此，才常常会遭到邻里的笑话，娶了个无底洞，种多少庄稼、扛多少货物也填不满。酒，让出卖劳力的父亲偶尔得以痛快地发泄一回。

没办法呀，我下面还有两个兄弟呢，那个时候一个要去镇里念初中、一个要去县里念高中。彩礼一分没敢多要，够他两兄弟的花费就成。母亲曾坐在院里跟梅姨聊天时低声说起，很是羞惭的样子。梅姨也是外县人，比母亲略微年长，嫁的是个姓王的屠夫，脾气暴，日子难免有高低，两人似娘家姐妹，时常凑到一起说点贴己的话。唉，你我都得想开点，谁家的媳妇不是这样，你在婆家吃的苦娘家看不到，你在娘家吃的苦婆家也没人理解。唉，凑合着过吧。梅姨总会以类似的话来结束她们的聊天。那个时候，大抵已临近傍晚，各家各户的炊烟已经升起，心里的委屈和无奈只能暂时放下。而她依在母亲身边，心情忽然就会很低落，仿佛是因为她的存在给母亲造成了困扰。

在父亲面前提起娘家时母亲很小心，总以"那边"来代替。要过年了，我得去那边看看；那边，有两个病人呢，总应该去看看的。母亲的声音似有似无，父亲没有喝酒，板着张脸，沉默以对。当作是默许，也不敢奢望更符合情理的要求，母亲独自一人回了塔县。她和大毛、二毛如履薄冰，噤若寒蝉，对父亲怀着复杂的情绪，既同情他遭到邻里的嘲笑，又觉得他不近人情，从来没有领着他们仨陪母亲体面地回过一次娘家。他们对"那边"的好奇、猜测，不曾有过一次机会去得到验证。几日之后，母亲空着手回来，风尘仆仆，满脸愁容，那边的情形似乎比预想的还要严峻。那边，都还好吗？在母亲一个人守在灶膛边发呆时，她凑过去悄悄地问。在她越来越强的性别意识里，觉得在家里，没有谁比她更应该去理解母亲的担忧和牵挂。母亲半眯着眼睛，灶膛里的火映在脸上，暖暖的，带着一种迷离和虚幻。你想啥呢？母亲把她拥在怀里，抚了抚她的头，声音温柔极了。母亲从未对她说起过那边的具体情况，只跟梅姨说，两人坐在午后和煦的阳光里，缝补着衣服上掉的纽扣，袖子上拆的线头。昨儿回来的？嗯。都还好吧。唉，一个瘫、一个哮喘，哪里有好的时候。唉，我娘家那边也差不多，嫁得远都顾不上了。她没敢往跟前凑，隐约听到些只言片语，借着平素的积累，努力去猜测母亲此行的境遇。

有一阵子，她对"那边"充满了嫉妒和不满，她从未见过母亲从"那边"带回来一针一线，他们三姐弟没有得到过"那边"的一个果子一块糖，家里任何重要时刻"那边"也没有人出现过，但母亲却不惜忍受父亲的责骂，一次次偷偷地将家里的积蓄寄到那边。她觉得是那边分走了母亲该给予她的疼爱，也是那边在她十四岁那年粉碎了她求学的梦想。成年后，"那边"更似一口深井，她不再好奇地想去探望。结婚后，有了自己的女儿，她恨不得拿命来疼，她感谢老天爷的恩赐，给她机会去补偿她心里藏着的那个一直在被吸血剔肉的姑娘。丈夫陆强常常笑话她是个女儿奴,上辈子指定欠女儿的太多。她从不解释,对于自己在粉店做帮工的那十年只字不提。她从粉店出来后,去参加自学考试,考了幼儿教师资格证,后又跟大姑借钱开了家幼儿园。当然,谋生的途径有很多,但只有她自己知道内心已患顽疾,幼儿园才是治疗她的良药。陆强那会儿大专毕业好几年,在一家没什么前途的小企业里拿着刚刚够养活自己的薪水,他住他姐家,时常帮着送小外甥女来上学,跟她便渐渐熟悉起来。哎,黄老师,这小姑娘调皮得很,你帮我收拾收拾她;这小祖宗昨儿晚上过了十二点还亢奋,缠着我讲了十遍龟兔赛跑,黄老师,拜托,中午的时候罚她扫地,千万别让她睡午觉;这个小妖精可就只听你黄老师的话,在家调皮的时候,你的名字可是唯一能镇住她的法宝。陆强个头不高,五官还算顺眼,说起话来没心没肺的样,像个孩子。他们都到了谈婚论嫁的年龄,在婚姻的市场里也没有一点竞争力,很轻易地就被房子、户口、公职逼到角落,是现实让他们做出了走到一起的决定。她以前总以为陆强的没心没肺是唯一打动她的地方,充满了童真,让人不设防,相处起来很舒服。可婚后才知,那是不成熟、不懂事的表现。因为有姐姐长年无私的照顾,陆强就跟他四岁的侄女似的,自我、任性。幼儿园那会儿才刚刚起步,借款、房租、老师工资、孩子的安全问题,时时都压在她头顶,陆强从不会关心过问。她只是接替他姐姐的人选，继续给他提供生活上的一切需求，还得忍受在他工作上失意、委屈时对她的无理取闹。她架不住这样的折腾，本想一拍两散的，却发现已有孕在身。她舍不得肚里的孩子，生下来，是个女儿，更舍不得。她对女儿视如珍宝，生活上疼爱有加，陆强也是恨不能将女儿时时捧在手心里，但在教育问题上，她和陆强的战争才真正打响。女儿从进了幼儿园，她就开始在课余不知疲倦地将女儿送到各个艺术培训机构，恨不能女儿琴棋书画样样精通，十八般武艺样样在行。她在家里专门腾了间房装修成了舞蹈室，还买了钢琴、古筝和吉他。她从前没有的她都加倍地给女儿，无论她经济上怎么拮据，每月都要定额地在银行给女儿存储教育经费，为女儿将来念大学做准备。陆强见不得女儿被她逼得眼泪汪汪地关掉动画片，坐在琴凳上弹琴的场面，明里跟她吵闹，暗里也充当女儿的保护伞。周末，只要是他在家陪女儿练琴，那绝对都练到游乐场、动物园去了。她讨厌他的不求上进，讨厌他拖女儿的后腿，他也讨厌她的专制强势，讨厌她的勤奋励志。吵，一次比一次激烈，一次比一次不可挽回。他们达成协议，和平相处，互不干涉，女儿考上大学后，立马分道扬镳。

她最后一次去见母亲正好是她刚刚完成了两件人生大事，送女儿进了大学，跟陆强办了离婚。从法院出来，她一点也不想回到那空荡荡的屋里，恰逢中秋，就起念回了老家。老屋像个被打翻的抽屉，母亲正从中挑拣着宝贝，抬头看到她，很是意外。她忽记起在电话里母亲说起过搬迁的事来。不是说要搬家吗？我回来搭把手。她庆幸找到了个堂而皇之的理由。她放下行李，坐到母亲的对面。对呀，要修水库，这方圆十里都会被淹，镇里已经通知大家收拾东西，新房的钥匙都发到手里了。我和你梅姨选的门对门，几十年了，这一搬才觉得东西真是多。母亲摇了摇头，眉眼里有着淡淡的愁绪。从窗外探进来的阳光，令那些老旧的家具、物什，在时光中留下的残缺、衰败无处躲藏，母亲也像其中的一件，没有了光泽，那曾经算得上好看的面容已经塌陷、模糊。不紧要的，都丢了吧。她虽应着，对任何一个物件的去留却都拿不定主意。大毛那装着弹珠的铁皮盒子、小毛最钟爱的连环画、父亲最喜欢的酒盅、她攒了一周零花钱买下的小圆镜，母亲积下的一大堆五颜六色的毛线头。每一样都已经失去了使用的价值，每一样又都意义非凡。不要了，什么也留不下。母亲下定决心，将地上的物件一股脑儿地搂起来丢进了蛇皮袋里。她怔了怔，想着母亲的话也有发泄的成分，父亲在她上初中那年，都已经种不了庄稼、扛不起货物了，她去大姑那里时，酒精的作用下，父亲已经病入膏肓，没撑上半年就走了。大毛、二毛念完大学后都留在了省城，他们三姐弟没有一个陪在母亲身边。丢就丢吧，反正留下也不讨人喜欢。她在说那些压箱底的物件，也在说自己，她幼时总一厢情愿地觉得，她身体里流着母亲的血液，也终将长成跟母亲容貌相近的女人，理应成为最能理解、同情母亲的人。

她渴望站到母亲的对面,以另一种截然不同的生活去拥抱母亲,可母亲却偏偏亲手将她变成了自己的同类,她们都没能做成一枚种子,没能在日月光影里开出自己的花,结出自己的果,而是成了提供肥料的土壤。母亲滋养着她塔县的亲人,她肩负着大毛、二毛的学业。这不是她应该承受的,她心里的这个结一直没有解开。可母亲神情漠然,仿佛什么也没听见,转身进了里屋拿出一个大纸箱。她心里很多急欲脱口而出的话,忽然就不想说了,机械地接过母亲审阅后留下的物件整整齐齐地放进纸箱里。那个下午异常漫长,那些老旧的东西,带着昔日的记忆席卷而来,她初中时的课本、作业,她抄录的名人名言,立志要成为一名老师的愿望,坚定而满怀激情,她无力挣脱,一次次陷入绝望。所有抽屉、柜子里的东西,都逐一筛选进了纸箱,属于她的青春和理想中的未来沾满了灰尘、残破不堪,被揉成一团扔进了蛇皮袋里。就这样吧,明儿找个车就搬过去了。母亲伸了伸腰,如释重负。一家五口共同生活过的最后的凭证,只剩下码得整整齐齐的六个大纸箱。

你先歇歇,我去煮两碗面来。母亲边说边朝厨房走去。都累了,别煮了,去外边吃吧。她提议。母亲顿了顿,竟意外地没有反驳。她们换上干净的衣服,去了街头的羊肉粉店。两碗粉,一碗杂碎。末了,她又扯着嗓子要了瓶江小白。她观察着母亲的表情,惊讶、慌乱、责备,都有吧,她隐隐有些得意。这粉煮得不错,汤熬煮得也行,就是肉片稍微薄了,香菜切得太碎。她吃了两口，兀自说着。母亲环顾四周，皱着眉剜了她两眼。你忘了我曾在粉店待了近十年，这是职业习惯了。她假装有些抱歉。把酒倒上，刚好满满的一杯，她端起来喝了一口，有些夸张地咂了一下嘴巴，我爸的基因真够强大，真的，越来越觉得这酒舒筋活血，才是劳动人民的最爱呀。她拿酒杯的样子跟父亲如出一辙，说话的语气也简直一模一样。她恨不能把自己最糟糕、最狼狈的样子全都抖出来，她想时刻提醒母亲，她身上所有的不堪在她十四岁那年就已经注定了。母亲专注地吃着米粉，像当初对着酒后痛诉的父亲一样，低着头，保持沉默。她目不转睛地看着母亲，有些失望，拿着酒杯，仰头喝了个精光。那一晚，最应该，也是最有可能让她和母亲促膝长谈、打开心结的。然而，没有。直到搬完家，她离开沿城，母亲都没有对她说过一句掏心窝子的话。

塔县很快出现在高速路上的指示牌中，她顺应着下了高速，停在路边。一直以来她那些不曾见过面的亲人都藏在一个个信封里，信封上的地址于她早已刻骨铭心、倒背如流。她郑重地在导航里输入清坝镇刘村，语音提示距离县城20多公里，她握紧方向盘，长长地吐了口气，年逾不惑的她终于要走进母亲心里最隐秘的地方了。车子驶进刘村，路开始变窄，两侧立着的楼房越发气派，不远处的田地却已荒芜。她寻思着要不要下车打听一下，她记得她两个舅舅的名字，刘军、刘伟。车子慢慢地滑行，好不容易遇到有行人时，她停了下来，从车窗探出头去,姐,麻烦问一下刘军家住在哪里?刘军。对方若有所思。他还有个弟弟叫刘伟,六十多岁了。她补充道。哦,他们哪,你朝前走,看到有个大坝子就停车,朝下走,他们家是木房子,好找得很。对方的脸上闪过一丝惊诧,继而又露出不可思议的笑容来。果然,她很容易就找到了那仅有的两间木房子,房子略微有些倾斜,大门上的春联撕掉了半截,红火的颜色也被风雨舔得寡白。你找谁?黑漆漆的堂屋里走出个人影。我是沿城的。她向前走了几步。沿城?你是大姐的姑娘?那人有些迟疑,清瘦的脸,五官像鼓出来了一般,身着的羽绒服脏兮兮的,袖口上有一处脱线,露出两根羽毛来。她点了点头,四下里看了看,猪圈塌了一半,菜地里看不到一点绿色。坐吧,我是……哎,你得叫二舅。她应声坐了下来,仔细看了看眼前这个依然很陌生的男子,头发花白,脸型和额头跟母亲很像,嘴巴稍微阔了些,眼里像有一朵浮云,遮住了阳光。你来,有什么事吗?二舅有些紧张,手刚放进衣袋里又拿了出来。大舅呢,家里还有谁?她突然一点不着急,想着从前母亲每次来时,都是坐在这院里,无论说出什么话都是欢快、喜悦的样子。只有我一个,都走了。你外公外婆走了二十多年,你大舅是前年走的,你有两个表哥,成了家,在外打工呢,两个舅娘跟着照看孙子去了,我就是一个废人,啥也做不了,就留在家里了。唉,这些年来,牛事不发马事发,家里没有一点起色。二舅叹了口气,微微笑了一下,仿佛在自我解嘲,又仿佛在解释着这么多年为何从来没去沿城看过她的母亲。她心里竟隐隐有些得意，因为，母亲明显不如她成功，她的血汗可是换来了两个大学生，大毛和二毛都进了国企，坐在敞亮舒适的办公室里，体面得很。而母亲那么执着地带着屈辱地付出却没有取得一点实效，这或许就是在父亲去世后，母亲依然迟迟不愿带他们回刘村的原因吧。我妈今天中午进了医院，都下了病危通知书。她说。啊。二舅的脸抽搐了一下，短暂的惊讶后脸上写满了无可奈何。她继续说道，是脑出血，现在还处于昏迷状态，能不能活到明天都很难说。二舅抻了抻脖子，要说的话好像卡在了喉咙。去看看她吧？她低声说道，近于央求。

两人坐上车，她有些恍惚，从来没有想过有一天会独自来到刘村，更没想过舅舅这个字眼在她嘴里会有机会用上。二舅坐的后排，稀释了些许尴尬，后视镜里，彼此视线交织，又在瞬间离散，陌生，使得沉默成了最好的选择，亲情早已丢失了该有的温热的模样。

到达医院时，天色已晚，下车后，她想了想，塞了两百元给二舅，我妈若是醒来，你给她买点好吃的吧。二舅怔了怔，还是接住了。医院里特殊的气味，令她不自觉地紧张起来。重症监护室，几个大红字，像死神在人间的标注，让人胆战心惊，母亲病危的消息再不只是消息，一伸手，仿佛就能抓住死亡的翅膀。梅姨坐在长凳上，一脸憔悴，见到她，如同抓到了救命稻绳。医生说如果明天一早苏醒了，就基本脱离了危险，如果还是昏迷，可就得考虑转院了。没事，她会好的，你是她的救星，今天多亏有你在。她搂了下梅姨，梅姨的身子瘦小得可怕，两年多未见，头发都白了一大半，她在想，躺在里边的母亲，大约也是如此，一把瘦骨还填不满她一只臂弯。这是？是我二舅。她拉过二舅，跟梅姨解释道。哎，来了就好，来了就好。梅姨的眼睛紧贴在二舅身上，像是母亲早年在她心里已藏了另一个二舅，恨不得拿出来做番比较。二舅有些不自在，搓着手，朝监护室门看了看。再等等，要隔三小时才能进去看一回，她要是知道连你都赶来了，说不定病一下子就好了。梅姨对着二舅夸张地笑了一下，仿佛这样才会令说出的话变得更加可信。对了，钱都充进去了，这是收费单，你可得收好，等你两个兄弟回来，得跟他们把账算清楚。梅姨从包里掏出一沓住院的清单递给她，接着又将中午时母亲怎么发病、怎么送到医院的经过细细地说了一回。她点头应着，催促着梅姨回去休息。二舅心事重重，在狭长的走廊里踱着方步。她对他仍然感到陌生，很多年前，她想象过，两个舅舅一个安静一个活泼，一个勤劳一个聪明。安静勤劳的那个会帮母亲干活，活泼聪明的那个会帮母亲打架，他们虽是弟弟，却像两个保护神一样守护着母亲。那个时候的母亲应该是最快乐的，调皮、俊俏，笑声像挂在风里的铃铛。眼前的这位被称作二舅的男人，早已没有了少年的模样，委顿、呆滞，她曾经的想象，正在逐渐清零。医生从里面出来，她迎上前去，醒了吗？没有，但也没有更糟糕，先观察吧，一个小时后，你们可以选一个人进去看看。口罩挡住了医生大半张脸，但声音听上去很年轻。没有更糟糕，她觉得这应该是个好消息，不自觉地放松了一下。二舅吸了吸鼻子，还没醒啊。医生早已走远，二舅的话是说给自己听的，没有一点实质意义。空气还是凝重，四周再没有别人，她和二舅各自坐在一条凳上，隔着一条狭长的过道，也隔着几十年不见的时光，千方百计找来的话都无法去填补。默契地起身在过道里来回走动，擦肩时，没有停留，也没有对视。二舅袖口脱线的地方，有几根羽毛因为不断摩擦，终于挣脱了束缚，像飘逸的舞者腾空而起。二舅，你在这儿守着，我去买点吃的回来。她打破无休止的沉默。走到医院外的水果店，那些水灵灵的苹果、梨，色彩缤纷的柽果、火龙果把她一下子拉回到热闹、真实的生活里。她挑了一串香蕉，又到隔壁的饺子店端了两盒水饺，想想，又买了几瓶矿泉水。拎在手里，沉甸甸的。她和母亲仍然隔着生死的那道迷障，但活在人间这头，食物总是充满了慈悲，能给予人心最踏实的抚慰。她把大的一盒水饺递给二舅，四十个，这是她估计的食量。她自己是小盒的，二十个。趁热吃。她又分了两小碟辣椒蘸料。空气中消毒水的气味逐渐后退，韭菜馅的味道迎面而来，热腾腾的，一下子唤醒了胃里的虚空。二舅拿起筷子，一口一个地吃起来。她才吃了两三个，二舅那盒已快见底。她又拨了好几个过去。二舅头也没抬，很快吃完。等她的也吃完后，二舅收拾了一下，把垃圾丢了。她又把瓶盖扭开,递了瓶矿泉水给二舅。我记得你的名字,你妈说过,黄娣,是不?我肯定不会记错。二舅打了个饱嗝过后,似乎也觉得应该说点啥。这个话题不错。你可记错了,我叫黄笛,大毛叫黄健、小毛叫黄康。她带着捉弄的意味,对着二舅说。她的名字本就是个笑话,那些年,这样的笑话在乡间四处流传,一个娣字,隐秘而又公开着求子的愿望。大毛二毛相继出生,她上了学,所有的老师在知道她名字后都满怀好奇地问过她,你有弟弟了吗?有的,我有两个弟弟。哦,不错,不错。老师们拖着长长的尾音,眼神意味深长,令她越发清晰地知道了这个娣字的意义,她深恶痛绝,觉得像时刻顶着张招揽生意的广告牌。十八岁那年,她从家里偷了户口本,改了名字,叫黄笛。二舅一头雾水,刚刚建立起的自信被丢到了角落。你妈说你很能干,你爸走后家里可全靠你。二舅试图补偿刚刚的失误,脸上的笑容变得自然、亲近了些。这样的话,母亲可从来没有当面跟她说过,一句也没有。我妈呀,她才能干,她顾着两个家呢,只差没把回刘村的那条路给跑断了。她想到母亲和她的刘村,话说得不那么中听。二舅的脸色沉了沉,你妈心善,放不下娘家,她出嫁的时候,我刚进初中,你大舅上高中。你外公本是个木匠,可有一回给人装楼板时,不小心摔了下来,瘫在了床上。你外婆有哮喘,累不得,常年都抱着药罐。二舅有些无可奈何,像个被债主捉住的无赖,欠下的债还是全认了吧。我们家其实日子也不好过,我爸没什么能耐,农闲的时候靠去县城给运输公司搬货物挣钱,每一分都是血汗钱。一家五口,要攒点钱太难了。她边说着,边喝了一大口水,呛得眼泪直流。你爸也是傻,给他做媒的伯娘都没说明白我们家的情况,他就敢娶了。他都没仔细想过,是什么人家会舍得把姑娘嫁得那么远。真的,我们家就是个无底洞,十里八村的都没人敢上门提亲。你爸傻,是个好人。二舅搓着手,有些难为情地道。她倒忍不住笑了,这说的果真是他的父亲,大伯有一年过年时还曾奚落过他,三棒子打不出个闷屁来,一辈子都在给别人尽孝。这话里虽带着羞辱的成分,话外却有点恨铁不成钢和心疼的意思。母亲顿了顿筷子,红着眼圈给大伯和父亲又斟了回酒,父亲苦着个脸,一饮而尽,什么话也没说。那晚,父亲醉得一塌糊涂,大半夜都还在折腾。可能基于伯娘只生了两个女儿,那样的话,大伯再也没有说过,平素,待她的母亲倒尊重得很。她心里的堡垒开始松动,血缘真是神秘,两人即便还很陌生,也能很快找到基因里共同的东西。父亲意外地给她和二舅架起了桥梁,她们对一个已经逝去的亲人有着相同的认识,这便变得有趣和亲近起来。

真的,我们家倒霉,你爸也就跟着倒霉。我和你大舅也想好好学习,光宗耀祖,让你妈在黄家有点脸面。可谁想,我读书完全不行,初中毕业就没再读了。你大舅还不错,念高中时本能勉强考个大学的,可你猜他又弄出个什么幺蛾子?哈哈,你肯定猜不到，他呀平时话都难得冒一句，谁都想不到他会去耍朋友，还把人家姑娘肚子搞大，最后被学校给开除了。二舅聊起来，彻底放松，眼里的那片浮去似已飘走。哈，哈，没办法呀，你外公外婆还守着药罐，我虽没念书了，也只能在附近打点零工，做点家务。你大舅被那姑娘家逼着结婚，彩礼、酒席，还得是你妈来管。娶了你妈这样的媳妇，你爸可是倒霉透了。二舅像在讲别人家的事情一样，笑得有点放肆，也有点心酸。她忽然什么也不想说了，二舅说什么她也不想应了，她不想这么轻易就原谅了母亲、原谅了母亲的"那边"。她怎么能忘了自己吃过的苦，她洗过的碗筷能绕地球一圈了，每个冬天她的手脚都会受到冻疮的折磨，她和琴姨婆挤在阁楼里睡了十年，几乎都没有睡过一个好觉，她活得连个乞丐都不如。大毛二毛念完大学后，她仍然每月坚持给母亲寄钱，母亲打来电话，不用寄了，我自己卖菜的钱足够自个儿用了。母亲是真心在拒绝，但她固执地一个月也没有落下过。有一年回去过年，邻里都夸她孝顺、懂事，伯娘也斜着眉皮笑肉不笑地说，大妹就是傻，肉被吃了，骨头还送人熬汤呢。对，母亲只是把她当作赚钱的工具，当作改变大毛二毛命运的垫脚石，没关系，肉吃了，她还有骨头呢，来呀，继续啃吧。她每月寄的那根本不是钱，那是她提醒母亲自己被这个家所践踏的证据，那就是她的血汗、是她无法去挽回的青春。二舅见她的笑容收住，疑心讲错了话，抓了抓头，陷入沉默。

有护士出来。你们商量一下,只能一个人跟我进去看看。二舅的嘴停了下来,看了看她。你去吧,你肯定也好几年没见过她了。她推了推二舅。走廊里只剩下她一人,她开始下意识地思考她与母亲的关系,从得知母亲病危起,她真的没有掉过一滴泪,十四岁后,她就再没有像其他女儿一样对母亲有过信任和依赖,但也从未想过失去母亲。母亲爱过她吗?一定有过,只是在传统思想里,在现实面前,母亲的爱做了艰难的选择,让她在很大程度上做了牺牲。她便觉得她和母亲对彼此的爱根本不够去承担母女间死别的伤痛,眼泪流不出来。

她听得走廊外有声响,是梅姨,大伯和伯娘也跟随其后。你二舅进去啦?梅姨问。她点了点头。唉,你妈真是没福气,孩子们都出息了,自个儿却倒下了。我听说,你妈这病就算熬过来,不成植物人也至少会是半瘫。没意思,估计到头来还得是你来服侍,养儿就只是个面子。伯娘一开口还是从前的味。大伯咳嗽了两声,伯娘回头翻了个白眼。大毛和二毛呢,什么时候到?大伯问。她犹豫着,不知道怎么回答才不至于遭来责骂。突然有医生从楼上快步赶下来,冲进监护室,随即二舅被叫了出来。怎么回事?她急切地问。我姐脱相了,都认不出了,我还以为我走错了呢,我正琢磨着,问护士这躺着的病人是不是叫刘梅花?护士突然说,心跳减弱了。这不,医生一到,我就被叫了出来。二舅惊魂未定。完了,你妈这关难过了。伯娘摇了摇头。梅姨双手合十,来回走着,老天爷呀,一定要保佑哇。大伯从口袋里掏出香烟，递了一支给二舅。气氛又紧张起来，大家的心都悬在了半空。要我说，现在可得做好两手准备。我也希望她能挺过来，但若是落气了，啥也没准备，她走得难看，也会让人笑话。伯娘永远在用最无情的话说最真的事实。梅姨没有反对，二舅正在口袋里翻找打火机，大伯压着嗓子朝她叮嘱道，赶紧叫大毛二毛回来。是要准备后事吗？太突然了。此前，医生还说没有更糟糕，怎么就心跳减弱了呢？她有些惊慌失措，拨通大毛二毛的电话催促着，那一头的回应还是惊人地一致，还没醒？正常的，这个病啊我咨询过省里的专家，观察期是一周呢，我妈发病到现在最多十个小时，你可不能被那些医生的话给吓倒。她成了居心叵测的撒谎者，百口莫辩。这样吧，你在这里守着，随时电话联系，我去买点香纸烛、火炮，梅姨，你去准备她穿的老衣、老鞋啥的。伯娘比任何时候都热心。梅姨又看了看她，有些犹豫。哦，对了，二舅也在这儿，墓地的事也该当面给说说，早点回去准备准备。伯娘拐一下大伯的手肘。说什么说。大伯瞪了伯娘两眼。你忘了，你兄弟走的时候是怎样说的，她又是怎样承诺的，不是都要强得很吗？不是说死了也不要葬在黄家的墓地吗？她亲兄弟在这儿，送她回娘家怎么了？总比做个孤魂野鬼强吧。伯娘的话像凭空炸个了响雷。梅姨仿佛早已知情，原本抱着的侥幸心理还是没有逃过，索性背过身子去。她和二舅面面相觑，满脑子的问号，却又都不肯往下追问。走吧，走吧，我俩先去准备。伯娘犟着脖子,还想冲大伯吼几句,被梅姨拉扯着走了。大伯、二舅、她,剩下他们三个人,谁先开口都觉得困难。她捂着肚子,朝厕所跑去。脑子里还想着伯娘刚刚的那句话,其实无论是父亲不想让母亲葬在祖坟地里,还是母亲不愿葬进黄家的坟地,似乎都不难理解。大不了随她去省城,买块墓地,将来她们三姐弟想去看看也方便。这样一想如释重负。她对着镜子整理了一下,又回到那条狭长的过道。只剩下大伯一个人。二舅呢?她问。大伯环视了一下,有些蒙,刚刚还在呢,可能上厕所去了。哦。她心里惦记着母亲的情况,也没太在意。稳定了,当然,也还没脱离危险,还需要再观察,看看能不能醒来。医生出来,额上冒着豆大的汗水,她心里稍微放松了一下。伯娘和梅姨很快将东西都买了回来,两三个大黑袋装得严严实实。在得知情况稳定后,梅姨又马不停蹄地回家抱了床被子来。你今儿开了半天车,回去好好休息,今晚我来守。你们都回去吧,今天我来守,明儿早上你们有空的话再来换我一下。她催促着。你二舅呢?得把你家的钥匙给他,他也好去休息呀。梅姨他们临走时,突然又想起。大伯看了看她,朝厕所里走去。没人,里面一个人都没有,这大晚上,人生地不熟的,他能去哪儿?大伯很疑惑。她摆了摆手,你们回去吧,他多半到楼下抽烟去了。

一个小时后,二舅没有出现,两个小时后,也没有,到了第二天醒来,还是没见着二舅。天已经露白,她赶紧到卫生间里洗漱收拾了一下，把被子叠好连同那几个大黑袋一起放回车里。从地下车库出来，她到医院门口买了豆浆和油饼，边吃边想着二舅。他不可能迷路哇，是回家了吗？是因为母亲墓地的事而不辞而别？她摇了摇头，庆幸之前给过二舅两百元，回去的车费足够了。

八点半的时候，护士出来叫她。她心里绷得很紧，穿上无菌服，踮着脚，小心地走到母亲床前。那是母亲吗？薄薄的一层隆在被子下，一点不像成年人的躯体，全身都连着管子，双眼紧闭，脸呈死灰色，像一截被风化的木头。她俯下身去，在母亲耳边轻声唤道，妈，我是大妹。可她与母亲仿佛在两个世界，隔着无形的屏障，她用再大的声音都无法穿透，用再深情的呼唤都难以抵达。还算稳定，我遇到过发病后七天才醒过来的病人。护士小声道，水蓝的口罩上有一对善解人意的眼睛。嗯，我也信她会醒来。她伸手试了下母亲穿的纸尿裤，又仔细看了看放在床头柜上的用药清单。可是，也还得有个思想准备，像她这个年纪，醒来后，受损的神经很难恢复，就算不瘫痪，语言、行动上都会受到影响。护士的眼睛低了下去，仿佛病情难以康复是她的错一样。氧气罩里冒着气泡，输液瓶里滴答作响。时间仿佛被施了咒语，看不到流动，只是在不停地下坠。

从监护室里出来，梅姨已经到了。回去休息吧。不了。她依然被一种不可名状的情绪牢牢抓住。刚我去问过医生，你还是让大毛二毛回来一趟，这就算醒过来了，也更得商量着护理呀，总不能让你一个人耗在这里，出钱又出力。梅姨有些心疼她。伯娘也来了，陆续有些旧时的邻居也赶来，一番寒暄，亲切又温暖，隐隐地却又听得几句窃窃私语，她那两个儿子，考了大学，留在省城就了不得了，什么时候了，还没见个人影。伯娘背着身，压着嗓子跟邻居感慨，这年头，还是姑娘中用，养儿子，别说暗地里不会心疼人，就连面子也图不上。伯娘本是想为自己生了两个女儿正言，但邻居们想到的是她十四岁就开始帮着养家，黄家这大姑娘真是不容易，她们由衷地说着，头点得跟鸡啄米一样，伯娘自讨没趣，撇了撇嘴，再不肯搭话。她假装没听见，梅姨跺了跺脚，唉，你说你两个兄弟还在等啥，到现在都还没个准信。迟迟不回来，她料定两兄弟都是为了钱的事，想所有的花费赖着由她出，彼此省得再落得针锋相对、寸步不让的尴尬。她是能够想象的，母亲当初搬迁时就闹过不愉快。搬迁赔偿，母亲想要个一居室，余下的折成现金，平分给大毛和二毛。可两兄弟死活不同意，让母亲不要选房，全部要现金来平分。两个弟媳为此据理力争，房子将来谁也用不上，分给谁都容易起矛盾，现在就换成钱，一来省事些，二来正好可以应个急。那我住哪里？母亲在电话里跟她说起这些，不像是在为自己鸣不平，也不像是在抱怨两个儿子的无情，倒像是想让她对此有个回应，主动地、一如既往地敞开怀抱。母亲早习惯了由她来解决一切困难，两个兄弟也理所当然地觉得自己身肩传宗接代的重任，她就应该懂事点，做出让步。那会儿她女儿正念高三呢，她与丈夫已协商高考结束后就离婚，彼此为了不影响女儿的学习，小心翼翼地营造着虚假的情意，她根本不具备接纳母亲的条件和心情。但这些她说不出口，她从来不知道、也不想去求得别人的理解和安慰。你住哪里？你有两个儿子呢，住哪家不行，随便你挑，你高兴就好。她在电话里，冷冷的，都有些幸灾乐祸的意思。她其实不想这样说，起码不要用这副语气，但事实是这样说后，她心里真是痛快。母亲最后还是要了一居室，大毛二毛心里因此起了疙瘩，这两年春节都没有回来过。

她在医院里守了五天，每天都给大毛二毛打电话、发视频，他们都含糊其词，还没醒呢，回来能做点什么呢，都在医院里面对面，大眼瞪小眼？她说服不了他们，在尽孝这件事上，谁又能替代谁呢？母亲大约也有感知，心灰意冷，在第五天晚上，气息再度变得微弱。医生告知回天无力，伯娘当即下决定，赶紧拉回去，确保那最后一口气落在家里。她也默许，于是，母亲被粗暴地摘下氧气罩，拔掉输液管，像件货物一样放到担架上，几个邻居抬起来，在夜色中一路小跑。上楼时，伯娘冲到前面，拿出绳索将母亲牢牢捆在担架上，回头得意地说道，走吧，这样，就不会担心她掉下来了。仓促，狼狈，她一直不能确定的悲伤终于袭上心头，咽喉里不由自主地发出呜咽，眼泪哗哗地流了下来。

唉，你看，你妈心里清楚得很，这气都要熬着到家了才落下去。伯娘伸手探了一下母亲的鼻息，回头看了看，使劲点着头。守在一旁的王屠夫把刚刚回来时就已备好的火炮赶紧拿到楼下点燃。噼里啪啦的，声音划过夜空，她心里的那点光亮瞬间跌落。趁这身子还未硬，得赶紧把她的衣服给换了。伯娘张罗着，梅姨在一旁打着帮手。大伯跟邻居要了个阴阳先生的电话号码，正拨通着请他过来。她还在哭，不能自已，她明明一点不想去难过，但她控制不住，全身发抖，眼泪直流。

很快，先生便来了，问了她母亲的生辰、忌辰和娘家的方位，掐指一算，定了次日早上九点出门，晚上九点火化。九九归一，九就是结束，就是重生。先生解释道。快通知大毛二毛，得连夜赶来了。梅姨在她耳边轻声催促着。她应着，赶紧打了电话，这回两兄弟爽快得很，一点没犹豫，好的，马上出发。还得跟殡仪馆联系，要订追悼厅，孝衣孝帕，订酒席、骨灰盒什么的，事多着呢。对对，得跟殡仪馆说好明天早上九点来呀。几位邻居又小声提醒道。我也不懂规矩和行情，就麻烦梅姨了，咱不在人前也不在人后，你看着定吧，这卡的密码我发到你手机短信里。她一边说着一边从包里掏出张银行卡来递给梅姨。伯娘转身看了看她，脸色有些难看，大伯在一旁使劲咳嗽了两声。坐在角落的王屠夫起身说道：大妹，卡你就先收着，你梅姨知道个啥，要我说她陪你跑一趟殡仪馆，你自个儿拿主意最好。对，对，你自个儿来定。梅姨赶紧道。大伯和伯娘没有吭声，她把银行卡放回了包里。

王屠夫送她们下楼，她开车掉头时，王屠夫在商店里买了几包烟塞进梅姨的包里。对了，明天的酒席你就按二十桌来订，说实话，你姐弟都不住在沿城，以后还不了人情，来的客人肯定不会多，追悼厅也不用大，记得最后要先按总价的八折来谈，至少也得要个九折。坐上车，梅姨跟她盘算着。她应着。你刚递银行卡给我，你伯娘会觉得你对她见外了呢，唉，你妈在的时候两妯娌也不见得好。梅姨叹了口气，话只说了一半。她也懒得往下探，所谓的"不见得好"，她大抵能猜到，生下两位堂姐，伯娘似比母亲低了半头，两位堂姐早早就出去打工，嫁到了外地，婚后过得也不尽如人意，伯娘心里更是不平。唉，你妈病得太急太重了，你虽赶到了，可一句半句也没留哇，都没能看你一眼。梅姨用手捂着嘴，声音有些颤抖。她想梅姨大约也是触景生情，在为自己难过，嫁给王屠夫生下一儿一女，都在外成家，一年半载也难见上一面，母亲突然生病去世对梅姨而言算作一种警示和预习。

殡仪馆在城郊的半山腰上，下了车，抬头可见墓碑由下而上像砌成了金字塔，风扑面而来，她打了几个寒战。停车场左边一排的追悼厅有几间都亮着灯，用菊花、松枝做成的门框架子，高低大小各异，贴着丧对。门口的灯笼，白底黑字，上书"王府""陈府""李府"。你瞧，冬天一到，这上面就热闹了。梅姨缩着肩，吸了吸鼻子，巴掌大的脸上布满了愁容。她们朝右边的办公区域走去。什么时候死的？工作人员是个打扮得很娇艳的女子，看了看她俩，神情淡然地问道。今天凌晨。男的女的，多大年纪？女的，六十八岁。夫家姓啥？陈。女子看了看她，在本子上写下一个陈字。仿佛所有的信息，只有这个是有意义的。我们请先生看了，定在明天早上九点出门，要拜托你们稍微提前点去。梅姨试图尽快把事情说个清楚。哦，九点，这可不能保证，我得先联系一下驾驶员。女子说着不慌不忙地拿起手机，电话打过去，热络地聊了许久，终于说到正题。哦，行啊，那你看你的时间来吧。梅姨赶紧从包里掏出盒烟来放到女子跟前，拱了拱手，赔着笑脸。咳，哥，定个闹钟嘛，明天早上八点半以前到那里，拉上来了，你想吃什么早餐，我给你备好了。女子看了看梅姨，似乎点了下头。哪天下葬？酒席订几天几桌？用大厅还是小厅，门口的丧对要不要鲜花？女子挂断电话继续问。小厅就够了，丧对不用太大，少放点鲜花。梅姨看了看一脸犹豫的她，答道。墓地、墓碑、骨灰盒呢？都还没订吧，这里边摆有样品，你们可挑选一下。女子领着她们往里走。一个内空两层的大厅，中间是墓地沙盘，左侧呈梯状竖立着黑压压的一排排缩小版的墓碑，右侧是通顶的木格柜，格子里摆着材质各异的骨灰盒。她忍不住捂了下胸口，感觉像置身在一个墓地密集的深渊，令人窒息。按着梅姨之前的建议，除了墓地，其他的她很快选定，总价上再讲了个九折，交了三成的定金。那行，地址呢？我们会在明天上午九点前赶到，墓碑上的内容你们也抓紧提供，对了，拿张名片吧，方便联系。女子指了指订单上的地址一栏，又递了张名片给她。

往回走时，她一直没说话。梅姨安慰道，让你受累了，这些本该是你两个兄弟来做的。家里的重担一直是她在挑了，本来早习惯了，可经梅姨这么一说，她心里便有些不是滋味。账目要记下来，等你两个兄弟回来，得让他们来承担。梅姨有些不平，继续道。账哪里能算清，大毛二毛读书的学费、生活费，还有结婚时凑的房子首付，当初无论哪一笔都无异于从她身上剥了一层皮，没人怜悯过，也没人感激过，仿佛这就是天经地义的事。父亲像跟母亲赌气一般，早早就撒手人寰，母亲天未亮就挑着菜去城里卖，收入也很微薄。她在大姑的粉店里工作的十年，像签了卖身契，工资一分也没见到过，都按月进了母亲的口袋，再分流到了大毛二毛手里。梅姨，你知道的，这不是钱的事，要记账早记了。她回头淡淡地应着。梅姨叹了口气，啥也没再说。下车时，梅姨从包里把剩下的几盒香烟塞到她包里，你先拿着，阴阳先生和殡仪馆里的师傅，总要打点的。你王叔那儿还有几条蓝黄烟，我过会儿给你拿来，这两日，来守灵帮忙的亲朋好友，你都要去上烟的。她点了点头。

大毛、二毛凌晨四点到的，老家搬迁后还是第一次回来，下了高速后，不停地打电话，才总算找到了家。兄弟俩个头差不多，都穿着深色的羽绒服，脸暗沉沉的。企业里一个萝卜一个坑，真是不好请假。恰好手上的项目又到了关键的时刻，我又是项目负责人，责任重大，领导也真是为难。他们弓着身子跟邻居们挨个地敬着香烟反复地解释着，急欲挣脱悬在头顶上不孝之子的骂名。那是，工作也挺重要的。邻居们都是从远郊搬来的农民，对"项目负责人"肃然起敬，深表同情地点着头。走到她跟前时，兄弟俩抱歉中又带着些羞愧，脸上的表情极不自然。姐，这几天辛苦了，到了年底，这假真是不好请，好还容易批得了两天假，提前来的话，都顾不上下葬了。二毛说着话，摇了摇头。唉，活了半生，还是身不由己。大毛猛吸了口烟，有些自嘲道。姑娘要上学，小静得在家顾着，来不了。对，对，我家也是，带孩子呢，来不了。他们替自己解释完后，又默契地为媳妇解释，听上去合乎情理，却又显得有些画蛇添足。不来和来不了，对于两个弟媳而言，只是换了个委婉的表达，她一点不会在意。她仔细地看着他们的脸，两年多未见，看上去都有些沧桑，眼窝里浸着眼泪，那原本浓密乌黑的头发竟露出些雪白来，像一根根针一样，将她心里本有的怨气扎破，倒生出些怜悯来。

接下来的事就顺理成章了。上午八点四十分，殡仪馆的车到了楼下，两位年轻男子穿着泥土色的工作服，戴着白手套，拎一个大袋子上了楼。她各送上一盒香烟。阴阳先生穿着长袍，戴着花冠，闭着眼睛，在母亲床边念念有词地跳了一阵后停了下来。所有人都屏气凝神地看着。阴阳先生朝母亲郑重地鞠了三个躬，回头吩咐大毛抬肩，小毛抬脚，将母亲的遗体装进两位男子已经拉开的大袋子里。大毛站到床头,抬起母亲的肩,小毛站在床尾,抬起母亲的脚,他们小心地朝外移了两步。两个男子提着口袋罩了过去,再反手拎起来,拉上拉链。动作熟练、快速,她还没明白过来,母亲的遗体就已如货物、垃圾一般装进了塑料袋里。众人跟着出了门,王屠夫在楼下放起了鞭炮,她下意识地看了一下时间,刚好九点。

黄府的灯笼已经挂上,丧对的架子也摆好,在靠近公墓侧的一个小厅,母亲在这去往天堂的驿站里等待着与亲人们告别。风呼呼地往里刮,梅姨帮她张罗着琐碎的杂务,撕孝帕,添茶水,加炭火。王屠夫买来一菜盆的包子,招呼着大伙吃早餐。她穿着白色的孝衣守灵,不时添几炷香,朝长明灯里加点灯油。

大伯则将大毛二毛拉到厅外,跟赶来的亲朋好友问好,叫表叔、叫姑婆。大伯小声地提醒。两兄弟熟悉这样的礼节,得体地应对着。

阴阳先生却在担心另一件事,晚间火化的时候,总得有她娘家人在吧,要不她走得不会安心哪。二舅不辞而别,再没有消息,她有些束手无策。梅姨听了,又忍不住抹了一回眼泪,我和她前后嫁到这里,像亲姐妹,如果那边不来人的话,我就当她的娘家人。先生愣了愣,看着她俩,没再说话。

真的,我把她当亲姐姐看待,再没有人比我更了解她了。梅姨说这话时,她仿佛又看到了从前母亲和梅姨相知相惜、亲密无间的画面。那时，两位远嫁的女子，少不更事，对身边陌生的人事还有些戒备，对为人妻为人母两个新的身份充满了好奇和担忧，对娘家的牵挂也不敢挂在嘴边。在人群中谦卑、寡言，礼貌、节制，她们很默契地就从对方身上看到了自己，不约而同去靠近，去向对方索取和给予温暖。那些个慵懒的午后，坐在堂屋或门前的小竹椅上，两人面对着面，浅言低语、相互慰藉。而她是潜在的第三者，不用刻意去听取，不经意间就知晓了女人在成年后可能遇到的种种烦恼。她很迷恋那个时候的母亲，一点不像个母亲，脱离了油盐柴米，也卸下了家长的威严，更像个多愁善感的年轻姑娘，眉梢上挂着忧郁，言语里夹着无奈。时间已被遗忘，周遭的一切都自动隔离，母亲像陷入了自我的旋涡，但很快又被梅姨的三言两语擦亮了眼睛，荡漾出清澈的笑容来。她曾想象在她成年后的某一天，母亲也能这样跟她面对着面，诉说或者聆听着彼此的欣喜或悲伤、感动或困扰。可惜，这样的想象从来没有实现过。

晚餐结束时，大毛二毛还特意从车里拿了两瓶好酒出来，跟餐厅加了几个下酒菜，请了礼桌上收礼记账的老师、阴阳先生，又叫了大伯、王屠夫一起围坐了个包间。大厅里的人变得稀疏，礼桌上只剩下一架算盘。而她一个人守在灵前，长明灯里的灯油又添了几回，却再没有人来让她拿主意。到了晚上九点，还没有一点动静，她才得知火化的时间已推迟到了十点，据说是为了兴旺后人，从九九归一变成了十全十美。九点五十的时候，先生来到灵前，念念有词，烧了几张纸钱后，命大毛和二毛抬灵去焚尸间，其他人都紧跟在后，气氛突然就变得肃穆起来，一路上大伙都低着头，不言不语。到了焚尸间，在窄小的过道里，大毛和二毛把母亲小心地放到火化炉的传送带上，母亲脸上的草纸被掀掉。穿着白色防护服的工作人员提醒道，亲人们再来看最后一眼吧，这推进去可就化成灰了。她心里一阵悲怆，看着躺在传送带上的母亲，像一截木头一样，脸呈灰白的颜色，嘴唇像咬了一角白纸，一点不像是她的母亲。对了，再检查一下，把她身上的首饰都取了。工作人员又提醒道。首饰？母亲没有，父亲当年哪有闲钱给她买，待他们三姐弟有条件了，竟也没想过给买。推进去吧。大毛看了看手表，果断地跟工作人员说，生怕错过了吉时。梅姨在她旁边，当母亲滑进火化炉那一瞬，只听得梅姨轻声道，姐姐，安心去吧。

再回到追悼厅，母亲已成了灰。她仍然守灵。大毛二毛叫上大伯跟阴阳先生去了隔壁的房间，房门被重重地关上。去世的是她母亲，但墓地或是葬礼再没有人来征求她的意见。她心里一片悲凉，才越发看清这些年她的心结到底为何，没有认同感的付出，血脉里的排外，以及周遭对此默契的一致遵从。两个兄弟来了，你就回去休息一下，这两天太辛苦了。梅姨催促着她，她像个热心帮同事代班的人突然被告知，结束了，回去吧，这不是你的岗位。她甚至意识到了自己还有谋权篡位的嫌疑，可能早已给身边的人造成了担忧。她笑了笑，什么也没说。女人嫁出去了，总归是另一家人，兄弟来了，就不必再劳心了。梅姨大约也察觉到她的不快，似有意开导她。大厅里的炭火烧得很旺，她起身掸了掸身上的灰，太闷了，我去外面转转。从礼桌上经过时，梅姨突然说，对了，大妹，你之前在医院付的治疗费和殡仪馆里付的定金，还有后面的一些开销我都帮你记着呢，想到你不方便跟他哥俩说，我刚才都说了，怕他俩记不全，我还一笔笔给他们写了下来。梅姨担心她为钱的事生气。她摇了摇头，心想给家里花的钱，唯独这笔不能算、不能记。

过了零点，亲友们都已散尽，大毛和二毛似乎有意回避，从隔壁的房间里出来后就去了车里呼呼大睡。守灵的还是她一个人。

那么墓地的事呢，是怎么确定的？第二天还要不要举办葬礼？她一无所知。长夜漫漫，还未到半夜，已冷得刺骨。迷迷糊糊间，仿佛又看到了自己站在洗碗池前，无助、绝望，双腿如同灌铅，手泡在冷冰的油污里不住地做机械动作，那么多碗，怎么永远也洗不完……

天还未大亮，葬礼开始举行，简单而又仓促。母亲还是葬进了祖坟地里，大伯说，她是功臣，为黄家生下了两个儿子，接了香火。伯娘的眼睛红红的，跟谁也不说话。葬礼结束，大毛二毛准备即刻返程，跟她道别时，只说，假只请到了两天，后面给母亲要送七日的火就劳烦她了。他们俩谁也没提起母亲的医疗费和在殡仪馆里的花费,更没有谁提起那些礼金的去向。空气中还迷漫着火药的气味,香未燃尽,纸钱还未成灰,前来送别的亲友渐已离去。她坐在母亲的墓地前,目光呆滞,看着大毛二毛的背影,一动也不想动。梅姨坐在她旁边,从包里拿出一个透明的文件袋递给她。这是你妈住的那套房签的移民搬迁协议,户主是你的名字,大概明年就能拿去换房产证了。她呆住了。你妈大概早就猜到了今天,这个文件袋就放在衣柜里,我那天送她去医院时,想着给拿两件换洗衣服时看到的,我怕落到你两个兄弟手里,违了你妈的心意,就偷偷给你收着了。她还是觉得不可思议,不敢伸手去接。拿着吧,这套房卖了,差不多就够你妈的治疗、丧葬费用了。梅姨把文件袋塞到她怀里,转身轻轻地离开。文件袋上贴着一张小纸条:给大妹。歪歪扭扭的几个大字,像极了她第一次写下"妈妈"时的那种笨拙和欣喜。她心里有种莫名的难过和慰藉,母亲把苦难给了她,把最后的信任也给了她。她面前的山上有无数的墓碑,简陋、粗糙的墓碑上被冠以夫姓的女人,曾经在这世上,大都过着跟她母亲相同的生活,像草木、像土壤。从进入另一个家族开始,娘家就成了偶尔会走动的亲戚,而自己只能靠续下香火才能求得在婆家的立足之地。她从前一直不明白,为何母亲吃过的苦还得让她来吃一遍,现在,她仍然没有找到答案。一生那么长,仿佛这苦永远也吃不尽,一生又那么短,短到她吃过的苦都还没来得向她最想去依赖的母亲诉说。她一直渴望能站在母亲对面，不做土壤，而是一枚可以破土、开花、结果的种子。她可以活得美丽而灿烂，只是随着母亲的离开，这一切已经毫无意义。

　　被露水打湿的清晨，透着股凉意，她理了理头发，起身往回走。女儿打来电话：妈，我被学校推荐去加拿大大学做一年交流生了，我们系只有五个，你同意我去不？那么远哪。她脑子里还在思索。你是担心我去了，找个洋女婿，就不回来了吗？哈哈，放心吧，我指定不丢下你，就算结婚，我也要住在你的对面，要让你看到我快乐幸福的样子，哈哈。女儿叽叽喳喳的，像只欢快的小鸟。你呀，跑多远、跟谁住都是我的女儿，永远都是。她的脸上漾出笑意来，脚步变得轻快，远处的天边已露出橘色，是冬日里少有的暖阳。

郁金香和茉莉花

交接完工作，她马不停蹄地朝广州赶，筹措着如何先发制人，不容姐姐对她的婚事提出任何置疑。

她其实心里没底，结婚的事也只是因为路远出现得恰到时机，她刚好迷茫到极需要做出一个决定，来使自己在深圳的生活看上去更为稳定。

这种稳定，是她急于向父母做出的承诺和证明。她，一点不比姐姐差，不是非得回到清河那个小县城不可，她也可以在深圳这个寸土寸金、流光溢彩的大都市立住脚，扎下根。

出高铁站了没？你打个车直接到我家楼下的香蜀川菜馆吧，我在地铁上呢，很快就到。姐姐的电话打来，急火火的。她应着，小心地挤过人群，心里铆足的那股子劲隐约有些松懈。

到了香蜀川菜馆，她特地挑了个靠窗的位置坐下。一眼就能看见菜馆门口，能看见外面色彩斑斓的郁金香。这个小区在广州属于中高档，房子是象牙色的，偏欧美风，位置靠近商业写字楼，居住的大都是事业上小有所成的年轻人。她想起姐姐结婚前领着她和母亲来看婚房，一进小区，就见着这连绵不绝的郁金香。这里的房租不低吧。母亲的脚步有些迟疑，完全没有一见面就把存了五十万嫁妆钱的银行卡塞给姐姐时的兴奋和豪气。这房子是程木家爸给买的，就这几天的事，还没来得及跟你汇报呢。姐姐很平静地说道。程木的父母离异，父亲很早就另组了家庭，他随母亲，因此房子的由来让母亲有些意外。是这样啊。母亲皱着眉头，神色凝重，在这场婚事中双方家庭财力投入的悬殊，令母亲隐隐有些担忧。她倒是满心羡慕姐姐，自小学习好，长得又美，考大学找工作再到婚嫁，都让人无可挑剔，她时常怀疑姐姐根本不能理解她，不能理解她竟然能把人生的每一步都走得险象环生。那个时候，她便暗自幻想，如果可能，她要在深圳找一份好工作，再找一个种满了茉莉花的楼盘，买一套两居室，让每一个日子都沉浸在清雅安定的香气中。

姐姐很快出现在视线里，气喘吁吁地坐到她对面。菜呢，你还没点吧？黄姐，黄姐，老三样啊。姐姐对着前台熟悉地打着招呼。她下意识地打量了一下姐姐，穿了件黑色的略显臃肿的廓形外套，散着头发，皮肤暗沉，精致的五官也很难再令她重拾姐姐从前精致俏皮的形象。辣子鸡、水煮牛肉、炝炒红菜薹陆续上齐。快尝尝，这家菜馆的每一道菜可都是我的还魂丹，广州的美食永远安抚不了我的肠胃。姐姐给她夹了一块水煮牛肉，自己连汤带肉地盛了半碗，大快朵颐起来。老实说，她对川菜也很依赖，无辣不欢，牛肉的鲜香、麻辣在嘴里奔跑，细密的汗珠从额上涌出，她几乎都忘了她面临着成为受训者的可能。姐姐不时在手机上滑动、点击，头也不抬地说道，现在呀，离了啥都行，就是不能离手机，老板就是黄世仁，下了班还不忘交代工作。她深以为然，一个劲地点头，天下的老板都是同款，她这次回去也是带着工作休假的。唉，程木的老板更狠，他都出差半月了，本打算今天回来跟我们一起回老家的，谁想老板又让他换了个地方出差。姐姐抬起头来，眉宇间似笑非笑，像是在说一件可笑而又无可奈何的事情。深圳离广州虽然很近，但她也只见过程木两次。大多数时候，她和姐姐的生活只停留在对方的视频里、语音中。这次就算了，真到你结婚时他再赶不到，我一定把他休了呀。姐姐说着玩笑话，脸上的表情夸张极了。

饭添了一回，汤也喝了半碗，关于她身边突然冒出来的路远和打算闪婚的决定姐姐还是没有问起，她心里准备的无数个反击都没有机会出手。出了菜馆，姐姐说，我得去趟超市买点东西。姐姐说着话，拎了拎了她背着的双肩包。走吧，没事，包很轻的，我就带了两套换洗衣服。她下意识地将背包往肩上挪了挪。姐姐走在前面，盘算着要买的东西，她眼瞅着姐姐的袖口上沾着饭粒，白得刺眼，悄悄地伸手摘了下来。

已近五月，气温适宜，旅游的高峰即将到来，街头上不时走过西装革履的年轻男子，在夕阳下，手握名片或宣传海报，

113

露出机械、职业的微笑，跟路人点头哈腰推销着产品。这让她不由得想起路远。她找到工作的那天，天空是那样蔚蓝，空气都带着股甜味，她见到啥都忍不住想去赞美，哪怕是迎面而来的普通得不能再普通的房地产推销员。小姐，你要买房吗？路远露出洁白的牙齿，浓黑的眉毛下，眼睛里闪烁着星星，真是精神。哪里的楼盘？种茉莉花没有？她停下脚步，带着她不曾有过的自信。小姐，是喜欢茉莉花吗？我们有个户型送入户花园，可以为你专门种下茉莉花的。小伙不卑不亢地说着，语气真诚、举止绅士，简直让她误以为自己真的有能力去买一套房。完全没影的事，她和路远从路边聊到了火锅店，在热烈的火锅面前，同是活在温饱线上的"深漂"成了久别重逢的亲人。她从不敢奢望能有姐姐的好运，会从天而降一个高知高薪的程木和一套三居室的房子。她以为自己只配得上最朴素的日子和最普通的男人。因而，几个月前一个意外出现的瘤子将她与路远很自然地连在了一起。

瘤子长在脖子上，发现时已经有花生米那么大了，她没有亲近的朋友，有几个还保持联系的大学同学，但过得一点不比她轻松，鬼使神差地就拨了路远的电话。各种检查做了一遍，医生看她的眼神有些奇怪，犹豫再三，又看了看路远才说道：回去等结果吧。那天刚好是她二十四岁的生日，头一日才经历了工作上重大的失误，面临失业的危险。老板的压榨与吝啬、同事的排挤和争斗、医生的欲言又止都让她感觉到生活的艰难和生命的无常。回到公寓里，躺在床上昏昏欲睡，路远一直守在她身边。电饭煲里咕噜噜地炖着鸡汤，阳光穿过窗台上刚刚晾晒的衣服，地板上摇曳着斑驳的光影，路远的眼里带着家人般的关切和疼爱。令她觉得身上暖暖的，恍惚间，像回到了小时候，像是犯了错为逃避责骂躲在角落里睡着的小孩儿，而路远就是那个简陋的避难之所。也就是从那一刻起，她与路远之间的关系开始发生细微的变化，彼此在生活上的关心、照顾变得日常，对对方的称呼变得简略。很多时候，她是他口中的"嘿"，他是她唤作的"哎"，没有恋人间的浪漫，却有着胜似亲人般的信任与依赖。某日，路远陪她去银行挂失银行卡，她只是恰好接了个电话，回头时，发现挂失清单路远已经填好，她的个人信息，路远已了如指掌、熟记于心。她怔了怔，才发现自己几乎从没有主动去拓宽人际交往的意识和行为，路远早已是她身处异乡唯一的依靠。一个人时，孤独如同被置于放大镜下，辗转反侧间，她竟愿意屈从于眼前这简单到没有任何保障的生活。路远大概也察觉到她内心的某种执念已经瓦解，记不清谁先开的口，就有了结婚的决定。

明天，我们坐早上六点的高铁，中午再转客车回清河，还能赶上晚饭。姐姐终于提起这次回去的行程，语气里却没有一丝好奇或惊喜。她点头应着，是呀，现在回去好像也不需要太久。话说得跟没说一样，她还是心虚，生怕引来姐姐一大堆关于她工作、关于路远、关于房子的问题，毕竟母亲一直希望她回贵州工作，对这桩婚事也是激烈反对的。让路远叫上父母到清河提亲，双方家长见个面商量婚期，这是母亲最后的妥协。这个要求是小城的基本礼仪，她不能拒绝，可跟路远商量，路远跟他父母商量，却费尽了周折。街头上的路灯渐次亮起，姐姐却忽然沉默，步伐加快，她紧跟其后，怀疑刚刚的对话并不曾有过。环顾四周不明去向的车流，神色各异的路人，她内心对爱情、婚姻简单到可笑的判断、取舍仍旧无处可诉。她完全可以想象在此之前，母亲在电话里跟姐姐说起她婚事时的语气，羞辱、愤怒、无可奈何。姐姐也定然对她所做出的抉择心怀不出所料的失望，除了沉默和叹息，半句安慰都显得虚假。路远是山东的吧，家里就他一个？姐姐突然停下脚步，回过头来。她心里一颤，像一个被逮了正着的小偷。山东临沂的，他还有个弟弟，念大三了。她小心地应着，对路远父母的情况一个字也没说。他们是目不识丁的农民，在临沂建筑工地上打工，去提亲？是要讨论彩礼吗？他们可拿不出，一分也拿不出。路远曾像个无赖一样在她面前说过。她不是没有犹豫，可跟母亲说过的话，她一点不想收回。哦，挺好的。姐姐有些敷衍，心不在焉的样子，那话头一丢，似乎再不愿往下探究。她如释重负又隐约有些失望。

进了超市，姐姐直奔食品区，熟练地挑选着排骨和牛肉。小排称两斤，我要的是这个黑猪肉的小排，肉质紧实些，适合红烧，对，分两袋装，一顿一袋。这牛肉也挺新鲜的，净瘦的给我称一斤，杂碎也来两斤，牛腩多一些。姐姐不时回头，仿佛站在彩妆柜台前，给她推荐着一支口红。要搭配的萝卜、洋芋、豆腐、青菜经过姐姐严苛的挑选后陆续装进了购物车。她有些恍惚，眼前的姐姐似已变得面容模糊，举止跟她见过的所有主妇一样精明、老练。

实在是时间紧，要是周末的话，我是愿意去菜场买的，猪哇牛哇都是当天现宰杀的，没进入冷库，肉还有弹性。再说了，菜也不错，水灵灵的，买把青菜能搭几颗蒜头，买几个西红柿还能送把小葱，多好。姐姐拎着沉甸甸的两大袋东西，充满了丰收的喜悦。她对厨房和食材的了解仅仅只限于泡面和她惯常会选择的几种外卖，不知如何回应。一路上，姐姐都在说话，她一个字也没听进去。恍惚间像回到了小时候，烈日下，在去往学校的路上，姐姐扬着头提着闪着亮片的裙摆，在无数羡慕的目光中一路默念着即将要上台朗诵的诗词，她一个字也听不清，背着自己的书包，手上又抱着姐姐的书包，大汗淋漓地紧紧跟着。她故意把头得压很低，步伐也格外加快，上学的路却前所未有地漫长……手机铃声突然响起，路远打来电话，瞬间将她拉回了现实。提亲还要注意些啥？我买了两条中华烟、两瓶茅台酒，够了吗？路远的语气听上去怪怪的，即便是在电话里，她也能感觉到他的轻视和不满。她看了看姐姐，支支吾吾地就挂了。手机还未放进包里，铃声再度响起。怎么挂了，你跟你家里说了没？我爸妈还要供我弟弟读书呢，是真拿不出彩礼，给你买个手镯行不？路远的声音有些刺耳，像在菜场里讨价还价。她愣了愣，把电话挂掉，犹豫了一下，把铃声调成了静音。姐姐根本没有察觉，仍然沉浸在家庭主妇的状态里，像极了从前教她如何搭配服饰、选择妆容的样子。她在心里努力说服自己，一直活得很优越的姐姐都变得精打细算，她是不是也应该原谅路远无法从容地面对自己的囊中羞涩。所有钱财都要用在刀刃上，所买的任何物品都要以实用为前提，以性价比来做取舍。哈，哈，小婉，这就是我一个已婚女人的持家意识。姐姐大约觉得自己像个抠门的老太太，于是自我解嘲道。她也跟着哈哈大笑起来，她笑自己的节俭意识来得更早，早在从母亲口中发现她不配拥有更好的东西时，也笑路远家的节俭更加彻底，彻底到企图在婚姻面前省掉最基本的礼仪。

小婉来了呀。程木的母亲坐在沙发上看着电视，回头不咸不淡地打着招呼。她客气地回应着。下馆子了吧，冰箱里啥也没有，我吃的面条。程木的母亲板着脸，语气急速下沉，眼睛直盯着姐姐。我刚去了趟超市，买了不少东西呢。姐姐下意识地举了举手里沉甸甸的购物袋。屋子里的气氛有点冷，她杵在门口，仿佛自己做错了什么，有些手足无措。你先坐坐看会儿电视，我在厨房里还要忙活一阵。姐姐说着话，拎着东西进了厨房。我陪你吧，她不假思索地跟在了姐姐身后。灶台上满是水渍，锅里的面汤泡着碗筷，砧板上还有几粒葱花。坐着吧，我这儿很快的。姐姐示意她坐到餐桌边，给她沏了杯茶，自己换上家居服围上围裙,已然像个被家务训练多年的主妇。把脏衣篮里的衣服丢进洗衣机里,再有条不紊地洗着碗筷、砧板,抹净灶台,又将刚买的牛肉切成厚薄均匀的肉片,排骨撒盐,葱花、姜丝、蒜片洗净切好,依次装进大大小小的保鲜盒里,贴上标签。洗衣机还在工作,厨房重新变得整洁。婆婆挑剔苛刻,男主人难见踪影,小孩儿还未出生,姐姐深陷家务一脸倦怠,她像一个观察者,把姐姐婚姻生活的常态尽入眼底。她断言母亲大人定然不可能想到,她从小宠到大的、给她挣尽脸面的公主,有一天会成为比她还勤劳、孤独的主妇。

天已黑尽,窗外已是万家灯火,这个时间,如果是在她深圳的小公寓里,她大约正吃完泡面,趴在窗台上发呆。一直以来姐姐的生活是她对未来想象的标本,是她最有可能了解却又难以接近的目标。有很长一段时间她怀疑自己跟家人的缘分与某位粗心的护士有关,当初一定是抱错了,要不,怎么会有她们这样表里都差距很大的姐妹。这样的怀疑,在陌生人那里得到过一次又一次的验证,你俩真是姐妹?对方不置可否,看她的眼神里充满了同情。而每次在看到她成绩单时,母亲更是难以置信。你怎么就没有一门功课学得有个样子?你和你姐简直天差地别,你的脑子里装的都是糨糊吗?母亲的质问伴着陌生的打量,令她充满了羞耻,她总恨不得有一天,能躲得远远的。所以在报考大学的时候,她果断地排除了所有省内的大学。而事实上,这些年尽管已远离母亲,她却依旧过得不如想象中快乐。她习惯在傍晚时分这样胡思乱想着，高昂的房价，不屑于给员工画饼的私企老板，都令她都难以看到未来。母亲的来电几乎准时准点，她充满了畏惧，谨慎而又故作轻松地搭着话。真的吃饭了？不是点的外卖吧？你每月挣的钱真够你开销？你以为所有的人都适合在外闯荡，所有闯荡者都能成功？潜台词里，母亲的嘲笑更多于担忧。吃了呀，我会煮饭呢，挣的钱也够用了。她还欠着花呗和信用卡的钱呢，话说得没一点底气。环顾着不足二十平方米的简陋房间和垃圾桶里的泡面盒，实在难以证明自己，去换得母亲的信任和支持。你毕业两年了也没蹦跶出个名堂，你要知道你和你姐不一样，你读的大学不够好，人又老实，赶紧回来考个编制，工作安稳些。母亲苦口婆心道。回去考编固然能给她带来想要的安定，她也不是没想过，但只要一想就立马放弃，因为她实在不想让母亲得逞，不想让母亲就此活在把她的命运捏在手里的那种得意中，不想母亲每次都以胜利者的样子出现在她的生活里。惯常她会以各种理由来打断母亲的电话，有电话进来，灶上正炖着汤呢，手机快没电了……电话挂断，她像一个侥幸逃脱追捕的猎物，长长地舒了口气。

看看，这些可足够咱妈吃这一周的了，你该放心了吧。姐姐按着手机，发了条语音，紧接着又对着码得整整齐齐的冰箱拍了张照片。少顷，程木的声音传来，水果忘买了吧，妈一个人在家，你多想着点，对了，你自己的药呢，可别忘了带上。

语气里有几分责怪的意思。姐姐的脸色骤然变得黯淡，顿了顿，也没用语音，在手机上敲了几个字回过去。她对于眼前的情形有些意外和无措，说点什么呢，她都还没迈进婚姻呢，心上有的那几分猜疑和担忧，一说出来就恐变了味。你姐夫是个大孝子呢。姐姐坐到她对面，卸下围裙，叹了口气说道。她不知如何回应，端起茶杯，一大口茶灌下肚里。姐姐掠了掠额前的头发，露出眼角的细纹，不再明亮的眼睛里盛满了疲惫。她试着问道，还要去买水果吗？懒得再出门了，我叫个外卖吧。姐姐的脸上写着不情愿和不得已，像极了母亲从前跟人数落奶奶难侍候时的表情，她爱莫能助。母亲曾用自己的半生总结出婚姻里一定要门当户对，否则女人会有不劳而获、坐享其成的嫌疑，这极易引来婆婆的不满和仇恨。母亲说的是她自个儿，家境贫寒，学了门裁缝的手艺。父亲是家里的独子，聪明，斯文，在中学里教语文，是爷爷奶奶的心头肉。直到父亲去世，奶奶也没拿正眼瞧过母亲。门当户对，在她看来总有点待价而沽的意思，跟爱情离得很远，很无趣。姐姐当初身后一众的追求者，个个都是人中骄子，对母亲的话也很不屑。

　　程木的母亲她在姐姐的婚礼上见过一回，据说退休前是一家企业的领导，举止威严。婚礼上也是竭尽所能地让程木父亲难堪，在双方家长致辞的那个环节，硬生生将程木父亲拦在了台下。母亲那会儿便有些担忧。等姐姐回门时，避开程木悄悄问起：你婆婆可是个厉害角色，不会来跟你们住一起吧？怎么可能，她说她一个人住老家，清静自在些。姐姐还沉浸在蜜月期的甜蜜中，满不在乎的样子。她无意中听到，像撞破了什么秘密，一脸歉意地赶紧转身溜走。现在，她竟也忍不住小声地问道，她什么时候住过来的？来大半年了，你要不要早点休息，明天坐车要起得很早哦。姐姐并不乐意倾诉，起身领着她朝卧室走去。对门的那间打算做儿童房的，还没装床呢，你就跟我凑合着睡一晚吧。姐姐说着话，从柜子里抱了床薄被出来。她有点恍惚，她明明记得当初的婚房，卧室里有一整面墙都是姐姐从小到大的照片，但环顾四周，房间小了很多，墙上空无一物，倒是床头贴了一大张二十世纪八十年代婚房里才有的胖娃娃画。主卧带卫生间，方便些，换给程木的妈妈住了，那些照片也收起来了，你先去洗漱吧，我整理一下行李箱。姐姐一眼看穿她的疑虑，兀自解释道。她愣了愣，心里却有些不是滋味。在卫生间里洗漱的时候，她看着镜子里红着眼圈的自己，说不上是为姐姐在婚姻里处处退让而难过或是为路远打来的两个电话而自怜。思量良久，打开水龙头，回了路远的电话，提亲跟订婚是两回事，这桩婚姻成不成，可没有明码标价，只取决于你和你们家的诚意。她其实想说别担心彩礼的事，两家人见了面，话说到了一块，什么都不是问题。可一想到路远刚刚在电话里的语气，她虽说得很平静却还是不愿软半分。什么，你这话是什么意思？难道我们一家人不远千里地赶来，提着烟、酒，花上几千元的路费，这婚还不一定订成了，你们这是耍猴呢？路远的话说得更加难听，记忆中那个浓眉大眼、温情和善的男子似已远去。水龙头还在敞着喉咙喋喋不休，水花四溅，她默然地挂断电话，什么也不想说了。回卧室时，见着美团上订的水果已经放到了茶几上。我去的这几天，你要是有什么需要，可打电话给我，我给你订外卖。姐姐在阳台上晾着衣服，冲程木妈妈很客气地说道。再说吧，对了，小婉找的是个什么人？有房吗？深圳的房价可不便宜。程木妈妈头也不回地说着。她轻轻把门掩上，换上睡衣，躲进被窝。按照此前的商量，路远要等着他父母，晚两天再出发。她未来的公婆她没见过，但显然她已经通过路远感受到了她们对这桩婚事所持有的态度，提亲、订婚，都觉得麻烦而又矫情，恨不能以一本结婚证就订了终身。她心里难受极了，无法想象，两家人面对着面时，路远一家勉为其难的样子，母亲那么要强的一个人，怎么能接受哇？她突然觉得自己太过草率，没有以世俗标准检验过的恋爱或婚姻真是脆弱而又荒唐。客厅外，程木妈妈仍然在说着话，生分、傲慢，在自己失败的婚姻换来的寄身之所里充满了凌驾和施予的快感，在零距离的体察中，姐姐的生活像显微镜下的标本，内部的组织结构细如纤维，呈现出婚姻面目的一种。她曾经视为完美的女人、理想的婚姻，已处处都是破绽。

她翻弄着手机，心神不宁。索性起身推开窗，大口地呼吸，像醉酒的人在饮一碗醒酒汤，空气中似有郁金香的足迹，热烈而又奔放。她想起高考前母亲比她还焦虑，特意请来观花婆。母亲虔诚地敬茶，诉说着对她未来的担忧，观花婆在小城里是先知，能够穿梭时空与逝去的先辈对话，可为人答疑解惑、指点迷津。她本想躲进书房，却还是忍不住站在门边，仔细观察聆听，生怕错过一个表情、漏掉一字一句。每个女人都属一种植物，有着这种植物的特性，这属命里带来的东西，是很难改变的。观花婆如是说，神秘而又庄重。在问过她的生辰，并对她似有若无地打量后，观花婆认真掐算，少顷，侧身对母亲歉然道，你家这老二呀就是株茉莉，普通、平凡，不必抱太大的幻想，顺其自然吧。大约是英雄所见略同，又或者是观花婆道出天机，令母亲无谓的担心变得释然，母亲霎时对观花婆相见恨晚，红着眼眶，一个劲地说"对"。她有些黯然，悄然回到书房，独自猜想，姐姐当属哪种植物呢？是牡丹、玫瑰吗？姐姐确实有着它们的华贵、明艳，但没有它们的俗气。直到后来，在见到姐姐楼下的郁金香后，她觉得姐姐就该是属于郁金香了。她也曾自我安慰，做茉莉挺好的，若有若无，安静素雅。从小，姐姐就是学校里文艺演出的主持，是演讲比赛毫无悬念的冠军得主，是保送重点高中的不二人选，是当年小城里考取重点大学为数不多的一个。而她始终是班级里最不起眼的那一个，勉强考上高中，大学还是降分后录取的。她一点也没偷懒，却不曾考过一回拿得出手的成绩。总的说来，她的整个青春期都是白色的，像一块背景衬托着姐姐的风采，她无时无刻不在渴望变成另一个人，与姐姐彻底无关的一个人，可以更糟糕，但不用再成为姐姐光环下的小丑。这样的渴望，却又并不影响她对姐姐的爱和依赖，她敏感而又羞怯，在长年的家庭生活中，忐忑地接受着姐姐作为强者施予的关爱。

她记得小学时，课间一帮同学在走廊上玩沙包，你推我搡的，她趴在栏杆上发呆，不知是谁，也不知是怎么回事，教室靠走廊的玻璃窗就碎了一地，她莫名其妙地成为大伙公认的罪归祸首。站在教导处的办公室里，面对一脸怒色的老师和狡黠的同学，她一点也不想辩解，甚而还希望学校能通知父母，期盼借此在母亲面前甩掉老实、本分的标签。姐姐闻讯后赶来，哪里相信她会去砸玻璃窗，跑到隔壁的几个班里，挨个地去找目击证人，还了她的清白。从教导处出来，姐姐狠狠地瞪了她一眼，昂着头扬长而去，她杵在楼道间，比任何时候都要无助。母亲从此便总笑话她是个闷葫芦、受气包，逢年过节，一大家子围在一起时，也常拿她来取乐，我家小婉只能留在身边了，最好将来找个倒插门的女婿，否则下半辈子我得担心死了。众人的目光都汇聚过来，姐姐和表姐妹们就坐在旁边，彼此相视而笑，看她时眼里略带同情，她低下头去，恨不能闭上眼睛，彻底消失。

小婉，很热吗？姐姐走进来，将叠好的衣物放进衣柜里。我想看看夜景，看看那些郁金香。她像个好奇的小孩。郁金香？这是三十楼呢，又是晚上，能看到啥呢？姐姐笑着摇了摇头,眉眼里竟有几分慈爱,暖暖的灯光下,屋子里流淌着平凡而柔和的美好。楼下的郁金香,在路灯下,被三十层高楼模糊成了字迹潦草的纸片,像从姐姐的书页里掉落的信笺,字里行间都在向过去的骄傲道别,跟生活妥协、给爱情低头。她关上窗,重新坐到床上,翻看了下手机,路远到底没打电话过来,短信也没有,她心里七上八下的。姐姐已经收拾妥当,挨着她躺了下来,近乎自言自语,明天早起,得早点睡。说着,把灯也关了。屋子里一下子暗了下来,她隐约闻到姐姐身上带着股淡淡的中药味,仿佛在夜的掩护之下,她所不知道的秘密才得以短暂地松绑。她睁着眼睛,难以入眠,比起路远,她觉得姐姐更让她失望和不安,掌声和鲜花渐次退去,在人才济济的大都市里,在充满了琐碎和矛盾的婚姻中,聪明美丽的姐姐变得如此平庸。屋外的灯光从门缝里流泄进来,电视里的声音也越发清晰,肥皂剧里的男女主角在纸醉金迷中情深意浓,那些脱离现实土壤的故事荒唐而又可笑,她从前也曾深信不疑,直到在深圳无意间发现自取外卖比堂食节约两块钱而大喜过望时,她才知道肥皂剧其实不是用来憧憬的,而是用来疗愈的,你在生活中吃过多少苦,便可试图从中摄取多少糖分。姐姐很谨慎地扯了一下被子,似乎也没有睡着。她小心地把手臂收了一下,唯恐触碰到姐姐。她对跟姐姐从广州一起回家的约定隐隐有些后悔,她应该一个人先走的,不要进入姐姐毫无遮掩的生活里。她从内心涌起一种有失道德的羞愧感,仿佛自己将一件包装精美，令大家都期待的礼盒拆开，结果发现，神秘高贵的礼物竟是布满尘埃的平凡模样。

屋子里太静了，客厅的灯不知什么时候暗了下来，电视里的爱恨情仇已戛然而止，她和姐姐的呼吸节奏交错，像是在进行一场无声的、默契的交谈。她睁着眼睛，对于天亮以后的何去何从毫无准备，也许路远在心里已与她分道扬镳，她竟然也不难过，只是觉得，她再次向母亲证明自己想逃离得更远的决心没有得逞。爱情和婚姻，离她依旧很远。她脑子里一片混乱，下意识地摸了一下脖子。那个凸起的瘤子在各种药片的作用下已逐渐抚平，像一个定情信物，随着时间的推移，所附属的意义已渐渐淡去，生活又回到了原本的样子。

她辗转反侧，忍不住长长地叹了口气。睡吧，有些事总是要经历的。姐姐仿佛早已看穿她的处境，深知她的进退两难，又或者，姐姐也只是说与在婚姻里渐已丢失的自己。夜陷入沉默。

迷迷糊糊间，她昏沉沉地睡去，像是穿梭在不同的梦境里，路远似乎一直都在，却若即若离，难以靠近。她梦见自己一个人在一片荒芜的地方种下了茉莉，洁白、细小的花朵渐次绽放，清新淡雅的香气弥漫开来……

醒来时，她发现她抱着姐姐，脸贴在姐姐的肩上，就像幼时一样亲密无间。床头柜上的闹钟大约已经响过，窗外的阳光已经渐渐明亮起来。

127

忽然之间

这是实习以来公司里举办的第一次文艺活动，即使是坐在观众席里，漫雪仍不免有些紧张。四下里看了一下，悄然打开手机的自拍功能，确定妆容完好，笑容甜美自然。嘿，美女，手机还有这用处？学习了。身后有个声音，使她猝不及防。漫雪扭头，迎面撞上唐易饶有兴味的目光。她想说，我这不是小心为妙吗？怕破坏了这歌舞升平的美好画面，怕拉低了公司员工的整体颜值。然而一开口，却是极为谨慎和冷漠的一句：见笑了。她能想象她说这话时，稳重、有教养的样子，这是母亲多年训练的结果。对面的唐易显然有些意外，意兴阑珊，笑着摆了摆手，转身离开。

她略微有些失望，因为面对异性善意的搭讪，她永远拿不出年轻姑娘该有的镇定自若和自信蛮横。她不由得想起临出门时，母亲下意识地对她仪表进行的审视，换条裙子吧。说得很轻，却是副不能容忍的样子。她愣在门口好一会儿，乖乖地回到房间，换上母亲给她买的黑色的包裙。走到楼下，已是满腹委屈，对着手机狠狠地抹了一圈口红，那颜色艳丽极了，足够让母亲厌恶、鄙视。

帷幕已经拉开，四位主持集体亮相，四周安静下来。公司里的几个主要领导被例行请上舞台，热情洋溢又中规中矩地做了讲话。唐易也在其中，漫雪的脸有些发烫，传言中刚刚调来的副总，她没想到这么年轻，也没想到第一次见面就让人看到了窘态。

整台晚会，因为唐易，漫雪看得有点心不在焉，舞台上唯一记住的名字和面孔是木子。没办法，出现的频率太高，唱歌、舞蹈、小品，似乎无所不能，无所不在。漫雪隐约听得周围的同事们交头接耳，表达不满，这是哪个领导审的节目单，我们是在看木子的个人才艺秀吗？同事们发出暧昧的笑声，喝着倒彩。她竟替素不相识的木子捏了把汗。她熟悉木子这一类女孩儿，从小到大，班级里总有那么一两个，看似普通，却带着强大的自信和欲望，总有办法让所有的规则自动失效，让毫无优势的自己凸现出来。按说，不与之表达敌视，似乎违背了母亲的教育。然而漫雪内心知道，她只是做不了这类女孩儿。

晚会散场，礼堂内已是一片凌乱。漫雪不急，想着等后台出来的木子，她想看看离开了聚光灯、卸了浓妆、惹人非议的木子会是啥样。

走吧，姐妹们，去找个场子，咱们好好庆贺一下。排练了这么久，今儿总算圆满结束了。领头从后台出来的是木子，她个不高，穿一套灰色的瑜伽服。

木子姐今儿做东,大家可一个也不许溜。紧跟在后的姑娘一脸的俏皮样,回头跟大伙吐了吐舌头。

当然不能溜,埋单的人我可早找好了。木子手一挥,身后如撒欢的雀鸟扑腾起来。

漫雪紧跟着往外走。

走吧,让我这个新兵蛋子给各位拜拜码头。转角处,唐易不知从哪里冒出来,一脸殷勤样。

哈,瞧见没,这埋单的人可到了。木子朝唐易的肩上拍了一下。

一窝雀鸟突地安静下来,面面相觑。

漫雪也傻眼了。

我这初来乍到,大伙给带个路,除了喝酒,一切随意,可千万别给我省钱。唐易一边说一边示意木子领着往外走。漫雪走在最后,有些犹豫。美女,跟上啊,刚听她们说,想比比谁的手机像素高,你要不去,谁还能赢?唐易认真耍痞的样,让漫雪都忍不住笑出声来,木子闻声回头,看了看漫雪,有些诧异,但只是一瞬,便露出欢迎接纳的笑容来。

我是漫雪,九七的,还在实习期。她朝着木子说,说完,她自己也有些意外,主动、急切,甚至还有点刻意讨好的样子,一点也不像她。

木子把肩上的挎包塞到唐易手上,张开双臂过来抱她,那你可得叫我姐,我大你三岁,九四的。还没缓过神来,木子又清了清嗓子，天上掉下个雪妹妹，似一朵轻云刚出岫。木子捏着嗓子，动作夸张，让刚刚因为唐易的加入有些拘束的姑娘们一下子忘了形。嘿，漫雪，你也得管我们叫姐呢，我九五的；我九三的；我九二的。漫雪如被众星捧月，实习近半年来第一次觉得同事不再是电梯里匆匆掠过的半生不熟的面孔，再回头看木子，看看唐易手上的挎包，觉得也不能把她简单地归于那类女孩。她要一枝独秀、鹤立鸡群，但她一点也不聪明，在众目睽睽之下，跟异性领导熟络的样子也不担心人猜忌，倒像个没心没肺的人来疯。

第二天，在食堂里，漫雪下意识地搜寻木子，突然被人从身后环腰抱起。雪妹妹原来是个"小腰精"呢。木子的声音在耳畔，一回头，那张脸比头一晚更加清晰，圆脸，大眼睛，古灵精怪的样。她来不及申辩，唐易从木子身后蹿过来，轻声道：嘘，小心让人惦记。哈，唐总，此"腰"非彼"妖"哦。木子边说边在漫雪的纤腰上捏了一下。哦，我说的也是此"腰"。唐易语气故意加重，眼睛落在漫雪的腰间。漫雪略显难堪，在脸上抹一把愠色，欲开口回应，怎奈唐易和木子却早已挤进人群。

凉拌木耳、青椒肉丝、玉米排骨、南瓜饼，我猜这些应该合你胃口。唐易端着餐盘过来。漫雪有些惊诧，环顾四周，如芒刺在背，手足无措。刚刚有所得罪，这算是赔罪了。唐易一脸诚恳，让她反倒觉得以小人之心度君子之腹了，有些不好意思。雪妹妹，刚听唐总接电话有急事处理，他这好不容易打个盒饭也只能做顺水人情喽。木子走过来，一边说着一边顺手接过唐易的餐盘，示意漫雪坐到就近的桌旁。

两人相对而坐，唐易朝木子丢下个赞许的微笑转身离开。

对工作适应了吗？木子关切地问。

漫雪有些感激，这个话题让人暂时忘却了眼前的尴尬。还行吧。

你呀，还好没在我们科，每个周末都加班，我想跟帅哥约个会都没时间。木子叹了口气。

漫雪夹了块排骨给木子，姐，下次加班，干脆约个帅哥来帮忙，一举两得。

木子听了，扑哧一下笑起来，雪妹妹，那更要不得，人家要看到我们这五加二、白加黑地工作，跑得不比那兔子还快？

哈哈。漫雪也忍不住笑起来。

你还笑，这个周末，我非得让你来陪我加班试试。木子噘着嘴巴，不依不饶。

陪，必须陪。漫雪恍惚间觉得和坐在对面的木子像是认识了很多年，就像大学时期的好友，初入职场的担忧和紧张感一下子少了一半。

回到家中，母亲照例做的一荤一素一汤。几株洁白的栀子端庄秀丽，虽立在餐桌的花瓶中却身在曹营心在汉，香气已如撒欢的小孩儿，难以收服。

桌上姹紫嫣红，青椒肉丝被黄瓜片簇拥其中，凉拌木耳上缀着白蒜红椒和几根翠绿的芫荽香葱，玉米排骨汤盛在白瓷瓦罐里。碗、杯、碟、筷，镶着银边，有序地摆放在蕾丝垫上。

漫雪摇了摇头，她早放弃劝说母亲对形式的偏执——好像不精雕细琢，就愧于一日三餐。

吃吧。

母亲一声令下，她习惯性地坐直了腰板，夹一小箸菜，细嚼慢咽起来。

昨天晚上回来都过十一点了，去哪儿啦？跟谁？母亲甚至都没有抬头。

跟单位里的一帮同事去吃消夜了。她知道躲不过去。

这么快就混熟了呀，有男同事吧，年轻的小伙？母亲掩饰不住的欣喜里又藏着几分担忧。

是一群姑娘，表演成功，领导开恩请客的。

哦，领导哦。你呀，可不是小孩儿了，说话、做事多跟同事们学着点，得有个大人的样。母亲的脸色沉了几分，一贯的说教样。

她一个劲地点头，好不容易等到自己长大，她当然知道得像大人一样来安排自己的生活。

周末，有同学邀约，漫雪都委婉地拒绝了，这周要加班呢。她惦记着和木子之前的约定，对着穿衣镜倒腾了几个回合，没等到木子催促的电话，终于忍不住直奔公司。直到踏进十二楼，经过唐易的办公室，心跳猛地加速时，她才看清了自己不请而来的真正诱因。

呵，雪妹妹，义气，讲究。木子见着漫雪，竖起大拇指。

我这笨手笨脚的，做得不好，姐可不能嫌弃哦。

都是些不费脑子的杂活，这些单子咱一人一半，录入系统里。木子也不客气，把漫雪摁在电脑前，丢了一沓客户的订单。

一个下午，漫雪不时回头，办公室的门敞着，没有人进来。去了两回洗手间，竖起耳朵，唐易像在打电话，声音听上去还是那么不着调。

待到订单录完，天色已晚。

漫雪，你说像我们这样勤勉的员工，领导是不是应该嘉奖啊？木子眼里闪过一丝狡黠，边说边往唐易的办公室走。

漫雪有些慌乱，下意识地拿起手机打开自拍功能，手机里的那个漫雪是陌生的，是冒险的，是未知的……

先得端盘、再是光盘，像你俩端着啤酒果汁、就着糕点水果，吃到明天也吃不回本。木子叹了口气，在自助餐厅里像个搬运工，不厌其烦地穿梭在各个食区。

实习完了，有什么打算？起点很重要呢。唐易问，难得的正经样。

漫雪心惊，猛吸了一口端在手上的果汁。当然希望能留下来，只是听说竞争挺大的，顺其自然吧。

哦，我刚来，还不太清楚情况。唐易有些抱歉的样子，耐人寻味。

就你俩这战斗力，老板见了还不得偷着笑，这世间哪，除了美人，还有这美食不可辜负。木子端了盘冒着热气的蒜泥生蚝坐下来，做深呼吸状。

美人赏心悦目、秀色可餐，我这哪还顾得了美食。唐易看着木子，目不转睛。

嘿、嘿，老婆孩子热炕头呢，才隔了几百公里，你就真成了脱缰的野马？木子敲了一下唐易的头，漫雪刚好将蘸了芥末的虾塞到嘴里，呛得眼泪直流。

后来，唐易和木子还说了啥，她都不记得了。在两个都特别能侃能怼的人面前，根本不用勉强去加入唇枪舌剑。于她而言，她只需知道她实习期后的归宿可能会更加明朗，她可以向母亲证明自己能像个大人一样为自己争取利益就行了。

对于职场的规划，办公室里的王姐后来也提醒过她，其实也不算是提醒，算是试探吧。你呀，谁引进来实习的，还得找谁来帮你把这个位子坐稳了。王姐附在她耳边故作神秘地说。她脸一下子就红了，根本不知该如何回应。你得在领导跟前多走动，就算进来了，也得跟领导亲近些。喏，那新来的唐总，你看人家木子，跟唐总那叫一个亲热，你呀，学着点。热心的王姐嘴角里分明藏着抹冷笑，话里话外充满了鄙夷。她紧张极了，小心翼翼地点了点头，对于职场的险恶，她牢记一条万用定律——少说多做。许久过去,她又忽然意识到,有木子在身边,足以去抵挡所有可能入侵的目光和流言,她,其实也可以为自己做些尝试。

跟王姐比起来,母亲就显得有点急躁了,一点不给人回旋的余地。实习期满,能留下来吗?母亲问的时候,眼睛看着墙上还很年轻的父亲,长长地叹口气。多年以来这样的情形不断上演,除了问题在更新,母亲的神情一点没变,漫雪疑心,母亲需要的根本不是她的答复,她是在控诉和责问过早缺席于家庭、逍遥在天堂的父亲。也是在倾诉、在祈祷,对于人世的艰辛,欲求得爱人一点安慰和鼓励。漫雪拿不出果断肯定的答复,我在努力呢。她说得很小心,希望能抚平母亲焦虑的情绪。你不总是在努力,一直在努力吗?母亲露出嘲弄的笑容,从花瓶里抽出枝栀子花拦腰掐断。漫雪习惯于母亲的这副有些矛盾的腔调,像战场上僵持的对手,既有迎接胜利的喜悦,又有被斩断希望的恐惧。漫雪素来平庸,竟无力反驳。我们不是应该生活得更好才对吗?你爸都在看着呢。母亲的声音软下来,充满着温情,漫雪倒有些自责,不敢看母亲,重点高中、重点大学、稳定而体面的工作,这些从小被母亲规划、预设的前景没有一样实现。她无法去解释,成败有时候真的与努力无关,她对那些个被试卷、习题占据的夜晚充满了怀疑、厌倦。为躲避母亲一遍又一遍的询问和督促,她像个不知廉耻的说谎者,平白描摹出让自己都觉得遥不可及的未来。母亲满含感激,我就知道你爸会保佑我们的,他哪里放得下我们孤儿寡母。母亲说的时候眼里流动着浓情蜜意,好像父亲早上才出门,临行前还告知过归期。书桌最下面的抽屉里放着父亲与母亲恋爱时期的书信,整整一百封。一封一封地去开启,去重温曾经的青春年少、心灵悸动,是母亲唯一的乐趣。幼年,她是不敢碰这些信件的,除了因为是母亲的珍藏,神圣,敬重,也还隐隐觉得有些阴冷,死亡的气息经过反复折叠,更加腥烈。倚在门框上,远远观望,连母亲阅读时的表情、语气,都显得诡异而荒诞。

屋子里真够压抑,她这个一贯的说谎者,前途未卜,再难自圆其说。

恰在这时,木子如同救星,打来电话。妹子,快出来,咱爬山去。她不假思索,一口答应,顾不得母亲询问,逃似的离开。

妹子,咱比比谁先爬到山顶?准备就绪的木子发起挑战。

漫雪点点头,两人相视一笑,深呼吸,埋着头,稳步向前。

要爬的山,坐落城中,玲珑、袖珍。上山的小径,两侧全是竹子,风吹过来,漫雪将整个身子迎上去,尘土、枯叶、虫蛾偶有袭来,佛如任何一种情感可能附带的让人不悦的压力。

你俩简直浪费资源,给单身男人留点机会不行啊!无处不在的唐易从身后跃上前来,背着个背包,穿一身黑色的运动装。漫雪一惊，抬头看了看木子。木子倒是镇定，站在石梯上，俯身道：唐总，你冒充下单身，看看有没有机会？你这个木子，知道同事们在我面前怎样介绍你的吗？开心果、傻大姐、老小孩儿。你就不能正经点？唐易摇了摇头。要不说咱俩投缘呢，你不也是个假领导、真哥们儿、老江湖？漫雪在一旁似乎嗅到了蓄谋的气味，但听他俩聊天，延续着惯有的轻松、有趣，又会情不自禁地想去靠近。

你和木子早前就认识？漫雪还是忍不住问。我想想……跟认识你是同一天吧。唐易佯作思考。领导也需要朋友嘛，特别是像我这样背井离乡的。似乎是为了打消漫雪的疑虑，唐易的话有点一语双关。哎哟，雪妹子，有帅哥来电，我可得重色轻友一回，提前撤退了，你不能怪我哦。走在最前面的木子突然掉头过来，举着手机，一脸喜色。瞧你那德行，赶紧的吧，趁那帅哥还没反悔。唐易不忘调侃。像一场精心策划的意外，眼看着木子挥手而去，漫雪张着嘴，一句话也说不出来。

交友不慎，深表同情，我就舍命陪君子吧。唐易叹了口气，做无可奈何状。

漫雪有些犹豫，爬山还要继续吗？唐易这献殷勤献得是不是太明显了？虽然她并不反感，甚至也还在她的预料和期待之中，但总觉得有些不对劲。

唐易从背包里拿出一个小垫子放在石梯上。歇一歇吧，风景未必就在山顶。话音未落，漫雪已被唐易按在了坐垫上，脸一下子就红透了,手足无措,眼睛不知该看向哪里。对于异性,至大学毕业后,母亲才开启了这个从未有过的聊天禁区。母亲最初说起她的年龄,再说到男人、说到婚嫁,她全身都僵住了。你要找的人,除了人品好,还得能宠你。母亲的声音像在心里抖了无数遍,一点杂质也没有,干净,柔软。她有些羞怯,不知道该做如何反应。母亲一点不介意,放下筷子,陷入回忆:喏,你爸那会儿可是每天都会来接我上班,提着热腾腾的豆浆和包子站在门口,比闹钟还准时,下了班,他买好菜就到家里来,跟你外婆抢着进厨房,做我爱吃的糖醋鱼。每天都见着呢,还一周一封信。母亲的脸上飞过两片红云,幸福而又骄傲。她努力去理解母亲,却也很难相信一个丧偶多年、独自抚子的单身女人仍然怀有对婚姻永不过期的幸福感,她一点不怀疑母亲是在炫耀,也打心眼里可怜自己,因为母亲这仅有的、压箱底的东西,在其他任何人面前都只能换得几句同情的安慰,而在面对她时,母亲的一切不可怀疑、光芒四射。

这儿有水,有蛋糕,歇歇,补充点能量。唐易的背包像个魔术袋,应有尽有。她正襟危坐,也不言语,暗想,眼下或如一次成人考试,她是答卷人,可不能让人小看了。瞧你这汗水,头发都湿了。唐易站在下一级台阶上,拿了块纸巾弓着身子帮她擦额上的汗,温润的手掌触在她的脸上,她始料未及,人猛地站了起来。唐易自然地搂住她的腰,小心一点,这是石梯。声音里充满了疼爱的责备,她的脸靠着唐易的下巴,似乎停顿了那么一瞬,她推开唐易,转身向上跑了几十阶石梯。停下来,心里已乱腾得像刚刚煮沸的火锅,她不知道和唐易之间的安全距离还留有几分。

想啥呢,要不,咱回去?唐易在她眼前挥了挥手,小心翼翼地说。

这当然最好。她的脸不自觉地绷紧了,转身,沿石梯往下走。

唐易似乎说了几句调皮话,她觉得无趣极了。心里隐隐有些失落,有些矛盾,甚至有些迷茫。木子的微信随即到来:亲爱的,请你过目,就是这个男的让我不得不狠心把你抛下。照片上的男生面容清澈,只是被一只手强扭着入镜,略带羞涩和无奈。她忍不住笑出声来,笑自己太小家子气了,木子可不还是那个傻大姐,唐易,也只是一个不够严肃、不够谨慎的异性领导,也许对她也仅仅只是有好感而已,只是身处异乡,希望多些温暖。她有些抱歉地回头看了看唐易,没有说话。唐易似也懂得,摇了摇头,淡淡地笑了一下。

回到家中,母亲呆坐在沙发上,窗帘拉了一半,阳光透过玻璃窗,努力地想占领整个房间。她轻轻地关上门,想像条鱼一样快速地溜到房间里,怎料母亲扭过头来问,这么快就回来啦?中午想吃点啥?母亲一脸笑容。她愣了愣了,好像早上的不愉快并没有发生。我在外面吃过了。她一边说着一边回自己的房间。来,吃点水果。母亲热切地看着她,从茶几上拿起一个苹果来，几下就削去了红皮。她坐到母亲的对面，接过苹果。雪，考试的事，别急，就是考不上也没关系。母亲的眼睛里充满了疼爱。她使劲咬了一口苹果，甜得像蜜。她拿不准母亲接下来要说什么，也猜不到母亲想听什么。心想眼下如是换成木子，说不定几句话早把母亲逗得哈哈大笑。她不行，一板一眼，很认真地回了一句：谁说我就考不上了。母亲难得温柔的样子，瞬间变得很滑稽，莫名其妙地笑起来：哈。就你？这么些年你在学校就没考好过，现在进了社会，学习不好就算了，还跟个小孩儿似的，没一丁点心机，你说你拿什么跟人比？母亲越说越起劲，越说越得意。她把苹果放下，垂着头，也不辩驳，她在心里嘲笑，母亲明显年老体衰了，语言的杀伤力已经山穷水尽。一点不像从前，尤其是父亲刚过世那几年，母亲仿佛在修炼一种语言秘术，她结集了所有充满怨气和恶毒的字词，将它们整队、排列，从嘴里一个一个吐出来时，那些词就像战士们带着使命在赴汤蹈火。母亲的语言暴力，令无数个原本安然恬静的日子被突然拉开一个血口，她战战兢兢，无所适从。现在，她早已练就一身绝技，母亲训练的那些战士就算持枪扛炮，狂射猛击，她也能毫发未伤。许久，桌上的苹果已经变色，母亲自以为取得胜利，丢下她，收兵休战。

她回到自己的屋子，坐在床头，仿佛看到了从前的自己，被母亲一番嘲笑、辱骂后泪流满面地蜷在房间的角落里，她从来都只是母亲喂养的用来向生活控诉的道具，道具是不应该有思想和痛感的。

她其实也做过尝试，幻想成年后留在小城以外的任何一个地方。她设想的未来里，"母亲"是一个遥远的词语，用来想念和美化的。回来吧，回来就业总是容易些。母亲在电话里像棵大树，那段时间她刚大学毕业，参加了很多次考试、面试，早已疲惫不堪，母亲的话胜过一切安慰。隔不了多久，母亲再打来电话：回来，我把你的资料托人交到一家企业了，你现在就回来实习，上一年班，再参加上岗考试。这次，母亲不是商量、不是劝慰，母亲一声令下，推翻了她对未来所有的想象，连她自己也不敢相信，她竟立马做了应诺，马不停蹄地打道回府。

再回到母亲身边，一切竟都未曾改变，她还是那个供母亲随时向生活控诉的道具，她有时候都忍不住为自己不够聪明、学业差而暗暗叫好，似乎这样，她才能证明自己是个合格的、优秀的道具，才能令母亲的每一句控诉都落地有声、言之有物。

上岗考试真的很难吗？她发了个微信给木子。不难，难的是面试，在这人情社会，你懂的。木子在句末打了个笑脸。这个问题其实是多余的，除了缓解一下内心的焦灼，别无用处。一起参加实习的有十五个人，嗯，他们中有人得到的消息是只留下五个。三分之一的录取率都足以击败她的信心。雪妹妹也别担心，吉人自有天相，别想多了，下个周末陈奕迅在省里的体育馆开演唱会，咱一起去。木子把她的焦虑变成了娱乐项目，听起来，去担心命运的莫测远不如听一场演唱会更有意义，而这，似乎就是木子的魅力。去呗。她附上一连串的笑脸，洋溢着难以抑制的快乐。去他的考试、去他的工作、去他那些从母亲嘴里冒出的锋利的话语，去他那个她根本不想再去当的"漫雪"，她可以更洒脱更自由，如果她愿意的话。

看演唱会本身就是一场冒险，一场逃离。提着行李出门时跟母亲说，我要出差几天。她无意再做解释，成人间不就应该是这样吗？把请求、汇报、商量，变成告知。门咣当一下阻断了母亲所有可能的反应。

在火车上找到木子时，她像个初次逃课的小女孩儿一样兴奋。姐，我们像不像要去亡命天涯？她背着背包摆了一个很牛仔的造型。哈哈，饶了我吧，就你这娇弱样，带你亡命天涯，我不是自取灭亡吗？木子笑得直不起腰来。就这样你一言我一语的，两个半小时很快过去。下车，直奔体育馆。场内已经有很多人了，人手一支荧光棒，不少人脸上涂着油彩。她和木子好不容易找到座位坐了下来，四周嘈杂动荡，仿佛场内每个人心里都住着另一个陈奕迅，真正要与本尊相逢，突然开始恐惧，慌不择路，想逃之夭夭。你最喜欢陈奕迅哪首歌？木子对着她的耳朵问。她一愣，才想起她竟忘了告诉木子，她五音不全，根本不爱听歌。她笑着摇了摇头。是《十年》吧。木子的眼睛里相当肯定。她不置可否，依旧摇着头。四周灯光迷离、音乐响起，陈奕迅顶着泡面头走上了舞台。各种尖叫声、呐喊声如浪潮般迭起，粉丝们狂热、忘我。她觉得自己已被淹没，环顾左右，看见那些唱着歌、流着泪的脸庞，却始终不为所动。个体跟一个庞大的群体之间的这种隔膜，是那么清晰可触，让人孤独又兴奋，仿佛所有人的存在，都只是背景，都只是为了包裹住她不一样的居心。醉翁之意不在酒，她哪里是来听歌的，她根本就是为获得短暂的轻松自由而来……

歌迷们含着泪，带着满足和不舍离开演唱会，那些不断被演唱的歌词，深情缠绵，滚烫灼热。

出了体育馆，木子拉着她在路边打车。去哪里？出租车师傅那略微打转的口音，和那需要翻看手机订单才能说出的酒店名字，令她和木子仿佛从梦境中醒来。车子驶过热闹的市区，好一阵过去，停在一片深幽和安静里。空气中似有隐隐的香气，她和木子下车后，忍不住深呼吸，抬头，四处寻找，然而身处山脚，四野空旷，仅有的一座建筑物——酒店，像棵大树，呈灰黑色，笼着一层如薄纱似的灯光。

是景区？她在心里犯疑。

走吧，雪姑娘，有歌、有友、有酒，良宵苦短，珍惜呀。木子拉着她，朝酒店飞奔而去。

进了大堂，才发现真是别有洞天，包罗万象。像是进入了一个迷宫，不断有指引供你选择，除了客房、餐厅，还有健身房、剑道馆、品茗室、阅读角、酒肆、画坊，等等。哇，木子，这酒店还真是深藏不露、应有尽有哇。走吧,把行李放到房间里,下来好好逛逛。木子从前台拿到房卡,领着漫雪往里走。

放好行李,再回到大厅时,漫雪依旧觉得很新奇。

雪妹妹,要不去酒肆看看?来点酒,再加点烤肉,岂不完美?木子挑了挑眉头。

这主意不错。

走过长廊,来到一个院落,树丛间几处茅草房里流泻出琥珀色的灯光,隐约可见枝头上有些紫色的花朵,暗香浮动。

两位美女,在此巧遇,不如共饮一壶,小生将不胜荣幸。一个身影突然闪现,撩起门帘做邀请状。

她的心猛跳了几下。

原来是唐公子!

多谢公子美意,那,我和漫雪恭敬不如从命了。木子看了看她,爽快应下。

三人围着酒桌坐下,桌上的酒已斟好,泥炉上的肉串吱吱冒油。

她心里一阵慌乱,怀疑自己做错了什么。

来,我敬两位美女,感谢缘分,能在此巧遇。唐易端起酒杯。

对,感谢缘分,来,漫雪,大家一起碰一个。

她接过木子递过来的酒,稀里糊涂地就喝了。

都说了什么,她一个字也听不进去。她忽然觉得母亲的担忧是对的,她就是个没长大的小孩儿,尽管她一点不想承认,但事实上成人间的心思她一点都看不分明。

她在心里跟自己较着劲,压根不想跟唐易和木子搭话,喝酒的时候也不愿退缩,更不想离开,这戏都开场了,怎么演总要看看。

酒喝了一杯又一杯,她强打着精神斜靠在木椅上。坐在对面的唐易和木子聊得火热,偶尔投射过来的目光,跟酒一样热烈。

她似乎已察觉眼前潜在的危险,然而不胜酒力,身子如同陷进了泥潭。

次日醒来,她头痛欲裂,对面的床上叠得整整齐齐,不见木子。她拿起手机,只见木子的短信:雪,家有急事,我先走了。你喝多了酒,多睡会儿。她眉头一皱,使劲回忆,仍记不起自己是怎么回的房间,她仔细检查了自己的衣物、床上的枕头,仍是找不到任何答案,仿佛只是木子有事,不得已提前离开,一切都再正常不过了。

洗漱完,收拾好行李,准备离开。

前台的服务员接过房卡,面带微笑道:房费已结,谢谢光临。

走吧,先上车,木子把你卖了,我心善,捎你回去。唐易从身后接过她手中的行李,边说边往大堂外走。

她不知该说什么好,跟着唐易上了车。

喝点热粥，养胃的。唐易放好行李，递给她一杯冒着热气的白粥。

昨天晚上……她欲言又止，直盯着唐易的眼睛。

你酒量还可以再练练，下次再喝酒，可不能只喝到一半就放散了。车子发动，唐易目视前方，语气还是平素痞痞的样。

她吐了口气，如释重负。把靠椅往下调，半躺着，闭上眼睛。

迷迷糊糊间，唐易从后排拿了床抱被给她盖上，空调也升了两度。暖暖的，令她一点不想去思考、去怀疑。

醒了。

嗯，到啦？她看了一下车上的时间，已经过去了三个多小时，目光从车窗外往上爬，母亲种在阳台上的吊兰正迎风摇曳。

到很久了，上去吧，记得这两天别吃辛辣的。唐易把车门打开，行李递到她手上。

她心里紧张得要命，生怕母亲带着各种猜测和询问突然出现。接过行李时，唐易趁机握了下她的手，柔声道：你可比看上去沉。语气暧昧，引人遐想。她又羞又气，瞪了下唐易，快速离开。

母亲好像心情不错，见到她，没有多余的关切，专注地看着电视里的肥皂剧。她洗完澡，坐在自己的小房间里，唐易临别时的话像块石头压在她的心里，有些喘不过气来。她忽然很渴望母亲能进来跟她聊聊天，质疑她出差的谎言，嘲笑她像个孩子，或者啥也不说，一个拥抱也行。

手机拿起又放下，她不敢去求证头一晚她和唐易、木子都发生了什么。她就像一个误入迷宫的孩子，成人们设置的各种关卡、迷障，她无法去破解。

她想象跟木子再次见面时，她该如何开口去揭开那个谜团，她需得用什么样的语气和话语才像个成年人的样子。

漫不经心地问木子：那天，你家里遇到什么事啦？你啥时候走的？是你和唐总送我回房间的吧？

或者，毫不掩饰地去质问木子：你什么居心，和唐总合谋的吧？还巧遇，说，那晚到底怎么回事，你什么时候走的？我是怎么回房间的？

她心里有各种答案，但无疑，无论哪一种，木子都不再是那个傻呵呵的、大大咧咧的木子。

所有的设想都只是设想，因为如果不主动联系，她和木子在公司里碰面的机会并不多。手机一旦沉默，人与人的距离显而易见。

有几次在食堂里排着队，一回头，见不远处的木子和往常一样，大嗓门，跟同事们互相打趣，一点没有正形。她确定木子是看见她了，但打好饭菜，找个座位坐下来后，却始终没等来木子。

唐易发过两次微信，她都没敢点开，犹豫了好久，终于将他拉黑。

工作中那些枯燥的数据里藏着的未来日渐失去光彩。王姐偶尔会在拿到她跑腿代取的快递后，和颜悦色，像是犒劳般跟她聊会儿天，八卦一下公司里的新闻。

木子提拔的文件已经下了，好家伙，年纪轻轻就升部门主任了。王姐唏嘘、感慨，继而自嘲落伍，跟不上时代需要了。所谓"时代需要"，在王姐那里几乎可以囊括一切：审时度势、不择手段、投其所好……

她保持着沉默。

嘿，唐总还真是低调呢。某日，王姐突然尖着嗓子把像条死鱼一样的下午拨拉醒来。她从电脑前抬起头来。

咳，就是才调来不久的唐总，早听说他老婆去找过上面的领导，家里孩子太小，自己又生着病，想让他调回去。唉，这个唐总啊，可不是个让人省心的男人，他老婆还算聪明，男人再能干，不顾家，就只是个空架子。王姐神情得意，仿佛啥也瞒不了她。

哦。她似乎应了一声，脸红到了脖子。赶紧埋下头去，她佯装在桌上翻找着一份资料，很着急的样子。带木盖的茶杯被碰倒，茶水流出，连着几朵发白的小玫瑰，浸湿了桌上带有字迹的纸片，像那位素不相识的女人所展现出来的智慧和果敢，婚姻里长满的霉点、污渍已被彻底地模糊掉。

手机振动了两下，母亲发来信息：下午早点回来，我请一个同学吃饭，之前帮忙介绍你去公司的，你们公司的陈总。

她盯着手机屏幕，脑子里像触电一样，回不过神来。

之前没跟你说，是希望你自己争气点。陈总说了上岗考试就是走一下过场，你想留在哪个部门，过会儿见了面自己可要主动点。母亲还在那一头嘱咐，她却一个字也看不进去了。

王姐走过来敲了敲她的桌子：漫雪，在跟你说话呢，你现在都正式工作了，不再是小孩儿，有些人有些事，你得学会去处，懂吗？桌上的资料已经一片狼藉，那份她似乎急需的资料仍难见踪影。她对着王姐点了点头，从门背后拿来抹布认真地擦着桌子，桌上的资料、计算器、杯子被重新归置了一番。好一会儿过去，她靠在窗前拿起手机，给母亲回了信息：好的。窗外，不远处有紫色的丁香盛开，那种细小的繁复的花，像春天细碎的脚步，对于看上去如何更像个成人，她忽然觉得根本不用着急。

最后的拥抱

集市上的人潮已经退去，他像一尾被搁浅的鱼，耷拉着脸靠在墙角，面前的小摊上摆着花花绿绿的膏药，一如散落在沙滩上的贝、螺。

燕五，这些膏药，你拿回家吧。他眼也不抬，话音直往下沉。那个叫燕五的男人，头发花白、胖乎乎的，腰间捆着条皮革的围裙，守着一锅卖得见底的牛肉汤锅。棺材本挣够啦？燕五边说边朝锅里头丢了把面条。真的，我给你药方子，让弟妹来守这膏药摊，也能挣几个菜钱。他眼巴巴地看着燕五，像嘱托，又像哀求。别说傻话了，快来吃面条。燕五从锅里捞起两碗面条来，顺手舀一瓢冷水倒进锅里，刚刚还热气腾腾的大铁锅被极速降温，他一肚子想要说的话成了锅面上凝成碎屑的牛油。

他拿着两个酒盅坐到燕五的对面，从衣袋里摸出一小瓶酒斟上。对面的燕五呼啦啦地喝下了半碗面条。他狠狠地嘬了一口，放下酒杯，辣得直吐舌头。真的，我不想干了。他说。燕五忍不住笑出声来，这修路也就两个月，你就当放个假，等到路修好了，怕是让你休息你还不愿意呢。他从口袋里摸出一个厚厚的信封和一本破皮的小册子摆到燕五的面前：真的，路修好后，我也不会再来了，膏药方子和两个月的汇款，你收着。燕五扒拉下碗里最后一口面条，抹了抹嘴：嘿，说啥呢，我的老哥，这汇款还和以往一样，月底前我让他给你寄来，药方自个儿保管，等路修好了就赶紧来，大伙还等着用你的药呢。燕五拿起桌上的信封放进围裙的口袋里。眼前的对话他都筹措了好久，好在恰逢从溪坝到县城的这条路改造停运，燕五只当他在说玩笑话，还在犹豫要不要再交代几句，回城的中巴车已一路喊着喇叭过来。他根本不用回头就知道赖二一定从驾驶室的车窗里伸出头来，不出两秒，就能听到狼嚎般的叫喊：挣不完的钱，老哥，上车回去了。他都没有看燕五，起身快步冲向中巴车，竭力去阻止那就要从赖二喉咙里迸出的话语。他一点也不想听，挣钱？他这辈子所挣到的钱几乎可以较为精确地计算出来，那个数字一点不会让人兴奋，以后更无望承担任何期待。车门在身后迅速关闭，一个趔趄，他差点跌倒，用力地拽住吊环，形色各异的物品已将所有能落脚的地方占据，车厢里弥漫着集市散去的意犹未尽。他总算找了个位置坐了下来。

邻座是个女人，面善，应该曾一起坐过车，说不定也曾是他的主顾，用过他的膏药。女人侧了侧身子，朝他微笑，他本该回应，主动开启愉快的聊天模式。然而，他一肚子的话根本没有一句合适。

他把头尽量往后靠，闭上眼睛。他想起二十年前误打误撞地来到这里，饥肠辘辘，疲惫不堪，在集市上和燕五的牛肉汤锅不期而遇。我要一碗，多加点葱。他边说边找地儿坐了下来。你是哪里人？燕五端着碗汤锅隔着热气好奇地问。那时候他的口音流窜了五湖四海，混淆了南腔北调，已经很难辨认了。你猜呢？他喝了一口热辣辣的牛肉汤，故作神秘地说。我最远也就到过县城，我哪猜得到哇。燕五有些不好意思地摇了摇头，脸上的肉直晃动。我总在到处走，都快不记得我是哪里人了。他略微沉吟，话里没有一点炫耀的意思，当然一个流浪汉也没有什么好得意的。燕五倒有些急了，你没有家？没有老婆孩子吗？他一下子就愣住了，刚夹起来的两片牛肉掉进碗里，汤汁溅得满手都是。我就是觉得你总这样不落家，家里人会担心的。燕五有些不好意思，小眼上的眉毛直往下耷拉。在他以往的经验中，此刻站在对面的人，应该是小心谨慎地、字斟句酌地去表达自己的好奇，极其耐心地等待着去细数生活留给他的伤痕。那么他只需问一句：这汤锅多少钱一碗？就能让彼此瞬间各自安好、相忘江湖。但是燕五一脸的真诚和关切，让他有了倾诉的欲望，不打算敷衍和搪塞了。他吃了几片牛肉，又喝了大半碗汤，思忖着该如何开口。燕五竟又端了碗牛肉过来：大哥，慢慢吃，我晓得你肯定是遇到难事了，才一直这样到处跑。你也别急，再难都得填饱肚子。就是这么一句话他一直记到了现在，萍水相逢，燕五宽厚、仁义，从一开始就没把他当外人。留下来，不走了。那个下午，他竟第一次有了这样的念头。

旁边的女人略微调整了一下坐姿，手肘轻轻碰了他一下。自知一身的膏药味，怕遭人嫌弃，他双手撑在座位上，想靠边挪一挪，明明手臂使尽了劲，脸涨得通红，屁股却依旧纹丝不动。他无奈地叹了口气。

各位，都看见贴在集市上的那张告示了吧，这条路下周就开工了，咱得停业两个月，挣不完的钱，都放个假，好好休息一下吧。赖二大声嚷着，却一点没有高兴的意思，更像是在劝慰自己不要太在意停业的损失。整个车厢一反往日热闹的常态，大伙都懒洋洋地仰面靠在椅子上。歇着呗，正好赶上冬天，窝在被窝里睡懒觉，多好。对呀，我倒是想来赶集挣钱，可这修路停运呢，我老婆就是想骂我偷懒也没辙呀，哈哈。几个汉子搭着话，语气透出几分闲适、自得来。那张告示他上次赶集时就看见了，贴在街口，白纸黑字，像药瓶上的说明书，文字干涩、语句枯燥，不需要的人可以视而不见，求医问诊的人却不敢错过。他站立在告示旁好一会儿，注意力落在时间上。这个时间是可以通过距离、人工效率来较为精确估算的，几个月前，一位医生也曾这样估算过他的时间，在得知他独居、身边无亲人时，无奈地对他进行了告知，猛然间，他像遭遇了一个不那么好笑的恶作剧一样，怀疑、愤怒、绝望，各种情绪一下子涌上来，相互交织、重叠，让他不知所措。

车子很快就到了县城，车门打开，赖二回头扬着手大声打着招呼：都好好休养，两个月后再见喽。过道里被拖拽的行李，身体间难以避让的摩擦，令仅有的几声回应无处落脚。赖二自知多此一举，掏出烟来，打火机啪啪打了几次，终于点燃。他站在车厢里等到所有人都已下车，还是想不出较为满意的话来，郑重地看了一眼被烟圈虚化的赖二，扶着车门缓缓地下了车。车站外的商贩们正忙着收摊，满地狼藉，气味混杂，没有人会在意，他与那熟悉得不能再熟悉的溪坝和胜似亲人的燕五，就此，终不再见。

天已经渐黑，街道上行人神色匆忙，他走得很慢，佝偻的身体与他六十岁的年纪比起来更为糟糕。他时常怀疑自己怎么就将后半生定在了这座小城，他不记得自己当初为何总在流浪，不记得怎么就到了溪坝，他只记得燕五给他的建议很有趣。你留下来吧，在县城里找个地方住下，赶集的时候到溪坝来跟我搭着做点小生意。我到县城去办事、看热闹，也到你那里落个脚、串串门。他走过很多个地方，从没有人这样给他提议过，像是请求、邀约，总之这个建议、设想颠覆了他之前的生活状态，他哪里只是燕五的一个顾客，分明是朋友、是亲人。

留下来，他就彻底变了个人，拒绝任何变化，日子都仿佛刻在了印版上。做膏药、赶集，无限地重复、循环。麻二是他的房东，这些年也很默契地在为他这个流浪了半辈子的人，有偿地提供一个固定的住所，麻二茶馆的楼上便是他寄居的地方。

　　走过一条小街，再过一座桥，就能见着麻二的茶馆了。这个时间的茶馆是东一街男人的汇聚地，门前的大茶壶吱吱作响，麻二搭着块白汗巾，顶着大肚皮，在堂内来回招呼着。他立在门口不远处，看茶馆里溢出的灯光，暖暖的，像极了冒着草木香味的灶膛，无端地让人想去靠近。他深呼吸，挺直了腰板往里走。哟，老哥，回来了。麻二朝他挥了挥手。堂内正争得面红耳赤、剑拔弩张的男人们抬起头，从国际时政的紧张局势中探出两股意见不同的势力，试图争取和团结着他这个暂时还没有立场的同志。他随意落座，大伙犹豫着如何拉他加入阵营，他却突然看着对面戴着帽子的李光头忍不住笑出声来，喏，啥时弄个帽子来戴啦？戴上帽子，人家就不知道你是光头啦？他的笑声仿如将男人们高昂激烈的谈兴搁在了冰块上，聚焦在他身上的目光先是有点意外，有点莫名其妙，接着就统一了，大家都看向李光头，不禁乐起来。麻二提着茶壶过来，给他沏上茶。老哥，你这一来，仗都不用打了。大伙一听，更是笑得前仰后合。堂内的气氛像经历了一场拔河比赛，本来势均力敌，谁想他这一根稻草，没有加在任何一方，却让两股力量顿时化为乌有，一派和气，天下太平。李光头是个软性子，索性把帽子揭了放到桌上，自我解嘲：老哥，我要是像你一样，日日有进账，月月有汇款，我也不会发愁到把头发掉光了呀。

李光头有些难为情，话说得极慢，每一个字都犹如子弹，把他的笑声打得千疮百孔，奄奄一息。他的脸不觉地有些发烫，端起茶碗啜了一口。麻二在堂内转了一圈，续完茶，刚好从他身边经过，眼疾手快般接起李光头撂下的话：对，谁敢跟我这老哥比呀，早上我刚替他收到了这个月的汇款单，今晚的茶水他就是全请也不过拔根牛毛的事呀。麻二一边说着一边从口袋里掏出张汇款单摆到他面前。一桌的眼睛都看了过来，三千呢。开玩笑，人家儿子是在上海坐银行数钞票的，这点都不算钱。那张窄小的纸片在桌上传了一圈，汇款人的地址不断被念诵，终于不再只是传说。老哥，你还真是闲不住，月月有汇款，干吗还去赶集，去挣那点散碎银子？三叔，我要是你，直接去大上海享清福得了。就算不去上海，三千块呀，每天弄点酒肉，再打点小牌，多幸福。大伙七嘴八舌，只恨不能替代他去做各种选择。一抹苦笑似要跳到唇边，又被他连着一口茶吞了回去。嘿，我猜呀，老哥是舍不得我这个茶馆，你们想，去了大上海，虽然有看不完的西洋镜，可谁陪他喝茶、说话呀。麻二眯缝着眼睛，得意地说。这个回答远胜于真实的答案，他几乎是带着感激朝麻二不住地点头，对对，你最懂了，西洋镜再好看，也不如在这茶馆喝碗茶、摆摆龙门阵自在。他下意识地把声音提高，可谁想话还没说完，气就赶不上趟了，喉咙里像藏着辆火车，呼哧着白汽，大声鸣叫。真的，别说是上海，就是北京我也不想去。他有些不甘，以为那辆火车已经驶出站了，不等人察觉，加重语气，又补了一句。这回，话音直接跑到了火车顶上，跟跟跄跄的，连摔了几个跟头，嘴角处甚至还有被拖拽的疼痛。他有些紧张，端茶碗的手抖了几下。麻二看他的表情不太自然，平素的善解人意、能说会道仿佛无从着手，遇到了难以化解的僵局。一桌的目光都隐含着某种特别的、共同的深意，所有的打量、惊讶从他的身体碾过，比那辆神秘的火车所具备的破坏力还要巨大。他用手轻轻擦了一下嘴角，淡淡的血印留在了食指的背上。所有的目光慌乱地四下散去，掀茶盖、喝茶、转身上厕所，一桌的人既乱成一气，又默契统一。麻二紧挨着他坐下来，在他耳边小声嘀咕，你去医院检查了吗？医生怎么说？要不要明天我带你去见见李中医？李光头拾起桌上的帽子，佯装没有听到他们的话，自言自语道，都知道我是光头，却不知道光头怕冷，不弄个帽子戴，这个冬天怎么过呀。这话确实像出自聪明绝顶的人，他在心里一万个赞同，却没有一点心思去想那个李中医……

　　集市不用去了，不只是溪坝，其他的集市即便没有修路，也不用去了。正好，大冷的天窝在被子里，可以把那些未做完的梦，做得不满意的梦，都重新梦一回。他想起到这里来遇到的第一个寒冬，散集时突然下起了雪，无法回城，燕五回家时带上了他。推开门，就像是撞进了另一个世界，被开膛剖肚、摊在血污里的半头牛、被大料裹挟着在热汤里翻滚的牛肉，冰冷的血腥气、浓烈的肉香，像地狱，又像天堂。铁炉边那个胖乎乎的妇人，从氤氲的热气中走来，脸庞逐渐清晰。她拍打着燕五身上的雪，娇嗔道：要钱不要命了，遇上这种天，早点收摊回家嘛。他的眼睛不知道该放在哪里，刚刚被寒风吹得发木的脸竟有些发烫。燕五把他摁在炉边的矮凳上，妇人笑呵呵地跟他打着招呼，是卖膏药的老哥吧，家里乱，你别嫌弃哦。他从来不是个合格的江湖人，浪迹天涯，仍是学不会说场面话，叫了声弟妹后，就知道一个劲地点头。那晚的牛肉真香，他和燕五喝了一杯又一杯，弟妹后来也拿出个酒杯，满上酒，要和他干杯。下个月我儿子就从上海放假回来了，春节的时候，记得把嫂子和孩子也叫来，咱两家热热闹闹地喝回酒。弟妹一点没把他当外人。他的注意力在上海，那么远哪，远到可以安放所有的想象和希望。咱侄子是在上海念大学？学的啥？他一口喝完杯中的酒。学金融，明年就毕业了，来，喝一个。燕五的脸被热气蒸出汗来，额上的每一条纹路都仿佛通向幸福。他一点不希望壶中的酒被很快喝尽，一点不希望离开这间热腾腾的屋子。酒，真是个好东西，喝着喝着，再说起那个在上海读书的孩子，他竟用了跟燕五一样的口吻，咱孩子。这，好像也没有什么不妥，燕五只是愣了一下，随即大声说道，今年孩子回来，就认你做干爹了。这个决定令手中局促无味的日子一下子充满了想象，他难以掩饰内心的狂喜，哆嗦着拿起酒壶把酒杯满上，跟燕五又一连喝了好几杯。

那晚他真是醉了，燕五也糊里糊涂的，临别时竟还答应了他突然冒出的一个不可思议的请求。他说的时候手心里捏了把汗，暗想，若是燕五拒绝，就当是酒话了，往后再不会提。可站在对面的燕五，表情越来越严肃，胸脯一拍，极为郑重地道：老哥，别说了，我都明白，你放心跟人说，你儿子孝顺得很。祖露心扉已经耗费了他足够的勇气，他压根不敢看燕五的眼睛，欣喜、感激、羞愧令他张口结舌，语无伦次……

砰砰。敲门声把他拉回了现实。

他摸着穿了件衣服下床。

门一打开，麻二不由分说地把他往外拉，走，去找李中医看看。

大清早的让我去看医生，晦不晦气？他甩开麻二的手，佯装生气的样子。

麻二站在门口愣了一下，随即进屋气呼呼地问他，老哥，你记得上次我们喝酒是什么时候吗？

我还没糊涂呢，记得的，是端午，趴在你家茶馆的窗户看划龙船呢，晚上就在你那儿喝的酒。他一边洗漱，一边说。

那你记得那晚你是怎么回来的吗？你吐了一地，吐的可不只是那点饭菜，还有血，血，晓得不？那天可把在茶馆里一起喝酒的几个哥子吓坏了，我背着你回来的，在这里守了你一夜。麻二的脸从未有过地严肃。

还有中秋那晚，你虽然没喝酒，可才吃了几口菜，就跑到卫生间去吐了，我后来去卫生间的门口也看见了一摊血。我叫你去看医生,你去了吗?麻二比他小了近十岁,这会儿倒像个父亲,一副心疼的样子。

他的腹部像被唤醒了记忆,有些疼痛。狠狠地吐掉满嘴的泡沫,扯过帕子用力地抹了把脸。没用了。话说得很清醒、很果断,像那下过无数个生死判决的医生一样无情。真的,没用了,没用了。呜咽声最终从他的身体里挣脱出来,他毫无办法,满脸泪痕。

老哥,走,看地儿去。看风水的罗师傅提着个摩托车的头盔从门口探了半个身子进来。

他用袖子擦了下脸,慌忙跟出去,对于麻二,他仅有的安慰已花光用尽,再无可赠。

老哥,满了六十岁,看地儿,会添寿哦。罗师傅四十来岁,个矮,小尖脸。

他看不到自己的表情,估计比哭还难看。

上车吧,抱紧我,最多二十分钟就到了。罗师傅递了个头盔给他,正好可以让他跟这个世界短暂地隔离开来。他只听得风的声音,身体像张纸片一样单薄,有一瞬间,感觉整个人好像腾云驾雾,脑子一片虚空。他幻想,去往另一个世界的路途大概也是如此,肉身轻得可怕,跟一颗尘埃并无两样。

下了车后,罗师傅从摩托车的行李箱里拿出罗盘、镰刀,极为神秘地跟他说,我可不是吹牛,在这小城,我看过的地儿可一次也没错过,桥对面的那个看风水的曾瘸子,他现在可是把自己的饭碗给砸了,就去年给人看的一处老地儿,人埋了没多久,家里接二连三死人,留下的也不得好过,离婚、生病、做生意赔钱,啥倒霉事都找上门了。罗师傅对于自己的业务水平相当自信,所言充满了玄妙。

这是他们第二次见面了。上一次,他按罗师傅在电话里提供的地址,提着烟酒去登门拜访。罗师傅很爽快地给出了建议,老地儿就定在火石山吧,火石山山高路陡,要推平建房得不偿失,所以不会被开发商所惦记,不会有被迁坟的顾虑。

然而,他真是没想到离县城不过四五公里的这座山,竟像是穿了隐身衣,从未被人发现一样,荒凉极了。没有路,野草、刺笼像是被流放多年的边军,蓬头垢面、蛮横粗暴,罗师傅用镰刀左右挥舞,砍出一条路来,他小心地紧跟在后,往深山里边走。

喏,就那里了,这地儿可是我压箱底的,是我早年从朋友手上买下的。罗师傅指着不远处凹在石壁里的一块空地,得意地说。

他还未缓过神来,手背被刺笼划破了几处,这会儿才觉得疼。

你看看这地势像不像一把官椅,高靠背,两扶手,而且背阳,面朝乌江,视野开阔,这可是造福儿孙的老地儿。罗师傅铺垫了那么久,终于抖出宝来。

他站在石壁上,感觉孤苦伶仃、四面楚歌,却还是一个劲地点头。对于这项开支，他能拿出的费用很有限，所以一开始他几乎没有提任何要求。老哥，你呢，也别听那些瞎传要修建什么火葬场，这事真要赶到我们这小县城，怕是驴年马月了，集体扎堆住鸽子楼，哪有这样的乡间别墅好。再说，上哪儿买这么便宜的地儿？罗师傅一副胜券在握的样子。

他极力配合，一点不想挑刺，很爽快地就在罗师傅拿出的几页纸上签好了字，付了定金。这个，你留一张吧。罗师傅抽了一张签好字的纸递给他。他摇了摇头，若有所思地问，下葬时需要做的法事，你也负责吧。没问题，友情赠送，哈哈。对于如此省心的客户，罗师傅情不自禁地笑出声来。

从火石山回来，他去了趟卖丧葬物品的小店。看店的肥婆隔着柜台问他：要置点什么呢？他对着店里的物品，犹犹豫豫的，拿不定主意。还没落气？多大年纪？男的还是女的？棺材衣服都准备了没？身高体重多少？肥婆一连串的问题，让他心里一阵发紧，眉毛纠在了一起。唉，是人都得走这条路，置办清楚，尽了心意就行。肥婆司空见惯，一副善解人意的样子。他翻弄着柜台上的纸钱、烛台和鞭炮，难以想象自己出殡时的情形。男的，跟我个头差不多，你帮我拟个清单吧。他把心里的胆怯压了几回，终于说出口来。肥婆脸上的肉一下子绷得紧紧的，看他的表情耐人寻味。他咬着牙把脸别到一边，眼睛刚好落在货架里堆放的寿衣上，雪白中紧裹的姹紫嫣红，像繁花落尽，艳丽又尽是绝望。好呢，交给我你就放心了，其他的东西事临头了再准备也不迟,只有这寿衣、棺材过了六十岁就得备着了,这是添寿呢,吉利。肥婆边说边打量着他的身板,语气跟罗师傅如出一辙。他付完一笔定金后,即刻逃离。

拖着疲惫的身体回到那间寄居了近二十年的屋子,终于逃掉了那些口口声声可以为他添寿的行径。他从抽屉里拿出一个小本来,记录下两项最重大的开支,他仿佛看到存折里的钞票开始蒸发。屋外是冬日的正午,阳光稀薄,一小块光斑映在床上,很是珍贵。还要做点什么呢,本子上罗列的任务每一项做起来都得承受着刮骨的疼痛,都得耗掉半日的辛劳,现在只剩下最后一项任务了,他一点不用着急。他把枕头折起来,头枕得高高的,呼吸好像容易了些,闭上眼睛,周遭的一切好像都已失重,飘浮不定,他欲伸手去抓,然而,像流沙,一无所获。

到了晚上,麻二直接用钥匙开门进来。灯被打开,白晃晃的,他躺在床上一惊,忍不住大声叫唤,然而,麻二听到的声音更像是从喉咙里滑过的半声叹息。起来吃点,我炖了只鸽子。肉香弥漫开来,虚空的胃里好像长出一只手,将他推举着坐起来。先喝点汤。麻二舀了一勺汤送到他的嘴边,他含在嘴里,用力往下咽。喉咙里好像塞了一颗石子,脸涨得通红,憋了好一会儿,鼻子、嘴角到处都是汤汁。麻二递过纸巾,他把整张脸都埋了进去,用力地擦,恨不得把自己也擦没了。再喝点。我想喝,吞不下去呀。他低着头,摆了摆手。真的,喝不下去,我这里,没一个零件是好的。他按着自己的腹部,声音颤抖着。麻二放下汤碗，想说的话，好像遇到了万般阻挠，无路可走，除了用力握紧他的手，再无计可施。泪水毫无征兆地奔泻而出，他仿佛被面带遗憾的医生、指着石壁的罗师傅、目测着他身材的肥婆紧紧包围，他们龇牙咧嘴、面露凶光，终于让他承认了对死亡的恐惧。他伏在麻二的肩上，哭泣的声音十匹马也拉不回来，麻二说了些什么，他一概不知，耳朵里啥也装不进去，全身的每一个细胞，都被由内而外流泄的悲伤所占据。

许久过去，屋子里终于安静下来，他才猛然发现刚刚的一切发生得太突然了，麻二带着嘱托已经离开，写在小本上的最后一项任务竟提前完成。如释重负，又茫然虚空，好像疼痛突然消失，肉体已变得不复存在。

万事俱备，万念俱灰，他躺在床上一动不动。

接连几日，都没有出门。罗师傅来过一回，看到他躺在床上虚弱的样子很是惊讶，但很快便镇定下来。老哥，那块地我可是下大力了，请人把周围的草都锄了，砌坟需要的石头也都摆好了。他本想寒暄两句，客客气气地道个谢，然后将剩下的钱付清，可才一开口，就喘不过气来，哆嗦着从床头柜里拿出一沓钱，身子还未坐直，钱却散落一地。老哥，我来我来，你歇着。罗师傅蹲下身去，将钱一一拾起。都拜托你了。他仿佛用尽全力，两手作揖，双目含泪。

迷迷糊糊间，麻二也曾来过，小心翼翼地问他要不要给儿子打个电话。他摇了摇头。叫他来看看吧，这么些年了，就是回来陪你过个年，陪我这个叔喝杯酒也好哇。麻二试图说服他。他干脆闭上眼睛，溜进梦里。

屋子里已经分不清白昼和黑夜了。有一阵，他怀疑自己已经去世，肉体尚有余温，魂魄还未飘远。不远处，麻二请来的唢呐手正快步赶来，肥婆和她的两个小儿，提着火炮、纸钱、香烛和寿衣已经到了屋外。麻二再次过来试了一下他的鼻息，无奈地摇了摇头，随即站到门外点燃火炮，浓烟迭起，呛鼻的火药味里红色的纸屑纷乱如雪。闻声而来的街邻们、过往的行人迅速挤满了街道，他们的脸上好奇更胜于悲伤，外地人、独居多年、有个从未露面的儿子、按月会有汇款单寄来、自己也赶集挣点小钱，不断有人补充完善他的生活信息，他第一次从别人的议论中看到了黯淡乏味的自己。他儿子呢，在哪儿？没来，听说直到昨天他都不肯跟人说他儿子的电话，生怕耽误他儿子的时间了。唉，他儿子在上海呢，也不容易，大城市里不都是白加黑、五加二吗，这些年来只见到汇款单，从来就没见他儿子回来过。都说养儿防老，到老哥这里可好，养个儿子到头来都没能赶来送终。叹息声连成一片，他无助地飘在空中，特别难为情，仿佛不小心犯了众怒，不知道如何是好。但细细想来，哪怕此刻他活得好好的，他真的又能为自己做番申辩吗？可怜人啦，半辈子也没见搭个女人，养个儿子还几十年都难见一面，他上辈子估计是有三妻四妾，儿孙满堂，占了大便宜。善良和同情心被放入几分调侃的意味，听起让人有些许安慰。他突然有些后悔，平素跟邻居们来往太少，尤其是那些妇人，原来也不如看上去那么强悍，说起话来甚至比那些坐在茶馆里海阔天空的男人更加有趣。

他来了兴致，观察着每一个人的表情，努力去听每一句话语。但很快所有人的好奇心，或者说作为旁观者的冷静、理智都集中在了一个点上——他的积蓄。每月三千块的汇款呢，他得有一大笔存款，可得把这钱给人孩子留着。可谁能联系上他儿子？麻二跟他好，也只见过汇款单上的地址，这要是写信过去，等他回来，老哥都埋进土了。大伙都很务实，悲伤无法驻足太久。他听得胆战心惊，几缕魂魄被吓得如烟散去，逃似的飘到马路边，像突遭意外、等待救援的人，惊魂未定，满眼期待。许久过去，恍惚间看见两个身影一前一后从街那头正迎面而来，他忐忑极了，用尽了所有回忆去辨认，确信走在前面的那个身影就是他那没有血缘的亲人，那个人的名字连同他一个难以启齿的请求被他写在了最后一项任务里。那身影渐已走近，胖胖的身体背后一张年轻的、相似的面孔逐渐清晰起来，像考场里的试卷一样，下课钟声响起，答案渐已填满了所有空白。他的视力已经模糊，"燕五，你真把他带来了呀。"麻二的声音夹着欣喜跌跌撞撞地冲过来，他仅有的魂魄被瞬间撞破，从他那两位亲人身边掠过，下辈子，他渴望与燕五结下的盟约，那些他设想的，还未来得及倾诉的、有趣的约定，他确定，都在这个极速的拥抱里……

他的样子

他一心想要出国,没办法,只好卖房子来供他,就当是打水漂了。坐在我对面的同事王森话里话外说不清是为自己手里攥着五套房子而得意,又或真是为他可以料想的未来而无可奈何。拓宽一下视野总是好的,不是说读万卷书,还得行万里路吗?我放下筷子,擦了一下嘴,得体地做了回应。老实说,我跟王森平素的往来也只限于企信里每月的两张报表,对他的家庭生活也一点不感兴趣,如果不是临时搭档出差,我俩很难有交集。小田,我拆迁赔偿的五套房子,原是计划自己住一套,给他留一套,另外三套都卖了,换辆好车,带着老婆去四处旅游的。可谁想那兔崽子打电话来让我把给他的那套房卖了,他要拿钱出国留学,唉,这些年,家里的钱都给他败光了。王森喝尽杯中酒,长叹了口气。桌上再没有其他人,我独自肩负着去满足王森酒后倾诉欲望的重负,有些力不从心。走吧,今天可没少跑路,回去好好休息。我看了看王森,起身朝马路上走去。

你说这镇上一套三居的房子能值多少钱?他紧跟在后,话题总算是变了。三十万？我信口说道。我觉得也差不多，县城里的一套房应该能换镇上的两套房，但放在英国，我打听了，这点钱就够他学习生活一年，一开始我真是不愿意让他去留学的，你想，他当初连本科也没考上，读的大专，去国外除了读那些骗人的野鸡大学，他还能去哪里。真的，我知道送他去留学就是个坑。可他妈妈不依我，对他从来都有求必应，没办法，真是没办法。王森执着地从房价又绕回到了他身上，语气里有一眼望穿的失望。在听到提起他妈妈时，可能是同为女人，我下意识地站住脚，回头看了看王森。你知道现在当家的、管钱的都是媳妇，我的意见没有任何意义。在路灯的笼罩下，本来就不怎么熟悉的王森，离我相隔咫尺，眼里充满了获得理解后的感激，变得更加陌生。别担心，说不定他已经意识到学业的重要了，真打算好好学习呢。我有些后悔刚刚不经意间所流露出的关切，努力去终结这个话题。

王森一厢情愿的倾诉终究是落了空，回宿舍的路上变得沉默，小镇的夜晚像幅静止的画面，我们的脚步声听上去空洞、乏味。我想王森到底是因为对我不够了解，要不，怎会去跟一个"丁克"聊孩子呀。"丁克"是我在婚前便做的选择，跟陈默也明确表示过，我不讨厌孩子，只是单纯地不愿意做母亲。这些年来，我刻意地回避大家庭里母慈子孝的场景，拒绝观看任何关于亲子主题的影视剧，不参与谈论关于孩子的所有话题。可能物极必反吧，我也是后来才发现，那晚王森毫无顾忌，一直盘旋在嘴里的"他"，无法抵挡，竟在我心里驻了下来。

回到宿舍，我靠在床头似乎打了陈默的电话，我提起王森，提起他欲说难休的烦恼，我说得语无伦次，电话那一头耐心地回应着，我说这世间唯父母、子女不可选择，彼此的关系最难言说，唉，所以，谢谢你，陈默。我后来还说了啥，一点也不记得了，迷迷糊糊地进入了梦乡。

接下来的几天，我和王森真就只聊工作，在电网公司，他是做设备管理的，我做安全监察，从业务上来说，我俩应该联系密切，但实际上在对安全管理高标准严要求下，大多数现场作业者一定程度是想逃避安全监督的。我们此行就是为调查某变压器频繁烧毁的原因，他业务能力不错，明察秋毫，调研报告上他所负责的部分从设备风险评估到运维管理到人员当量，数据真实，问题精准，措施有效，确实下了功夫。我们在回城的前一天晚上，仍然是在那个小饭馆，相对而坐，为庆祝圆满完成的工作，王森把酒斟上，小田，这酒你随意，喝一口意思意思也行。王森自斟自饮，喝到兴起，也没再提起"他"，只说工作，浅而客气的交谈，好像短暂的交集后，又回到了原有的客套和生分。我隐隐有些失望，又越发对"他"充满了好奇。

出差回来后，坐在办公室里，我鬼使神差地登录到公司的人力资源系统，在人员搜索那里输入"王森"。他只比我大两岁，跟我同一年结婚，这个发现让我有些兴奋，也就是说，如果我不做丁克，我的孩子应该跟"他"一般大小。我下意识地将办公室的门掩上，对着屏幕上王森的证件照仔细琢磨，蓝色的工装，头发纹丝不乱，国字脸，浓眉大眼，唇角微翘，双颊饱满，看上去敦实温善，是个好父亲的模样。而"他"，我想五官应隐约与王森有几分相似，但精干些，眉眼中会有股离经叛道、桀骜不驯的劲。"他"跟王森，从形象上来说是对立的，王森骨子里的传统，为人处世的中规中矩、不偏不倚，都可能是他眼里的迂腐和中庸。他可能也会觉得失望吧，他想要的父亲，应该是勇敢果决、洒脱宽容的，是能陪他冒险，跟他一起创造奇迹的。

我在幼时，就曾渴望过这样的父亲。而事实上，我要面对的是一个既宣称民主，又凡事以自我为中心的绝对家长主义者。他总能给自己的强制伪装上一件自主的外衣，给予无法选择的选择。这家店的衣服很适合你这个年龄，选一件。父亲边说边让店员取下一件猪肝红的大衣递给我。我不喜欢，站着没动。父亲也并不觉得这有什么问题，自顾跟店员说道，那找件她能穿的尺码包起来吧。就这样，父亲陪着我买了件他觉得适合我的大衣。大衣放在柜里一个冬天也没穿过一次，父亲问起，一脸不解，你自己挑的咋就不穿呢？我杵在那里欲言又止，沉默终是沉默。母亲也深谙此道，只是更有耐心些，但凡她在讲一大通道理时，我就知道接下来的我除了她的决定没有任何选择。因此，这几十年来，我留着我不喜欢的短发，读了我讨厌的专业，干着我每天都想辞职的工作，守着一桩似若死灰的婚姻，倘若说我真的听从内心给自己做过一次主，那就是选择做"丁克"了，对，我不确定我所接受的家庭教育能让我胜任母亲的角色。

办公桌上的电话响起，接起来，一听是王森的声音，不由得有些紧张。小田，我又仔细看了一下我发给你的那个报告，第三段第二句话我觉得有些不妥，我稍稍做了修改，重新发到你企信了，你查收一下，不好意思哈，给你添麻烦了。挂断电话，我对比了一下修改前后的报告，第三段第二句话，是对设备维护人员的定责建议，乍一看好像并无天壤之别，但一两个字却将原有的确切的东西变得淡化模糊了。设备烧损，与天气与设备年限都不无关系，可见，王森是会琢磨，是懂得留余地的，这样的人，教育的孩子怎么会任性、妄为呢？我有些疑惑，对着屏幕发呆，我想王森作为父亲，性格温和，细致，可能真是合格的，但如果搭上个猪队友，就难免会葬送所有的努力。想要去打听到王森的另一半，这其实不难。只是我需要克服窥探者该有的不道德的羞耻感，要掩藏起一个"丁克"对孩子、对教育不应该有的好奇心。

我重新回到电脑屏幕上王森的个人信息，在配偶一栏里，赫然写着陈忠兰，1974年3月出生，实验二小教师。我眼前一亮，实验二小，不就是我每天上下班必经的地方吗？二十多年来，这条路上，我和这位名叫陈忠兰的女子应该有过无数次擦肩而过，与她青春的靓丽、她初为人妻的娇羞、她身为人母的担当都相遇过，我也一定见过偶尔出现在她身旁，渐长成树的"他"。我如果一早留意的话，是能目睹到"他"成长过程中的一些变化，比如，突然拔起的身高，鼓胀的喉结，下巴上冒出的一茬胡须，再细心一些，我甚至能察觉到"他"不同时期的心理变化，儿童时的无忧，少年时的执拗，成年后突然暴涨的自我独断意识。陈忠兰，这个选择了做母亲的女人，从带着"他"看世界到由"他"去看世界，如果能在一张酒桌上相对而坐的话，她想要说的话可能比王森更多。

窗外，是阳春三月，微风拂过，楼下几株肥硕的玉兰开得有些忘形。篮球场上，有不少同事正张罗着布置两日后三八妇女节活动场地。我本能地有些抗拒，女人间扎堆聊天，八卦往往曝得一个比一个私密，对于突如其来的信任无以回报，我常常像是捡了个大便宜，红着脸，在去留之间挣扎忐忑。可此时，我由衷地渴望参与，渴望佯装不经意间将王森的生活拉开一个口子，听同事们纷涌地肆无忌惮地贡献出对王森的了解、猜测和判断，这其中一定不乏提到陈忠兰，提到"他"的，所有的信息几乎便能立体地、全方位地折射出一个较为完整的，但又不完全真实的王森。恰好这时，电脑上企信的工会群里弹出信息，十点钟八楼会议室开工会小组会。没有犹豫，提前十分钟我便来到了会场。圆桌会议，参会人员多为女性，彼此亲密地打着招呼，都很珍惜这堂而皇之可以聚众聊天的机会。工会小组长是快退休的聂大姐，她拍了拍手掌，示意安静，然后说明开会的目的，今年三八妇女节，公司除举办的趣味活动外，要求我们各工会小组自行组织对员工家属慰问，当然只限于女性家属。我们工会小组含三个部门，二十四个人，其中已婚的男性员工八人，剩下的刚好可分两人一组，对这八个人的家属进行慰问，大家讨论一下，自由组合，确定好了跟我这儿登记一下。聂大姐边说边指了指投影上的名单。坐我旁边的是与我一个部门的小王，刚参加工作两年的小姑娘，她碰了碰我的手臂，田姐，我跟你一组吧，你看咱去慰问谁？电子表格上我一眼就看到了王森的名字，心里像被一根绳索牢牢地牵着，回头悄声道，就王森吧。小王点了点头，起身到聂大姐那里做了登记。接下来，讨论在标准范围内选购慰问品，大伙七嘴八舌，送鲜花，送杯子，送丝巾，送美容卡，更有脑洞大开者，建议送食材，让男同胞给家属做一桌晚餐，让他们参与家庭劳动，感恩妻子常年的付出。这个主意大伙拍案叫绝，美其名曰"餐食烟火，缘定终生"，继而又提议整个晚餐烹煮过程由去慰问者全程录像，后制作光盘赠予留作纪念。聂姐大约也觉得有新意，欣然接受，愉快决定。

走出会议室，我脑子里都还有些蒙，天赐良机，竟然有机会去走近"他"的城堡，去探察"他"是缘何成了"他"。

小王对于三八妇女节慰问显得有些不安，紧跟我身后，田姐,我们只是去送食材,不用留下吃饭吧,平素跟王森也没怎么打交道,跟人家两口子坐一起,怕不知道说点啥,尴尬。到时候再说吧,都是同事,没什么尴尬的。我拍了拍小王的肩,故作轻松道。我其实也怕跟生人打交道,也不擅长活跃气氛,但能与王森、陈忠兰面对面坐在餐桌前,我还挺期待的。

晚间,陈默出差提前回家。三两句的问答后,彼此便再无多言。客厅里各自坐在沙发一头,对着手机,这种时刻我不止一次怀疑过我的婚姻,但只是一瞬间,便又说服了自己,若只因为没有子女而致使夫妻疏离,我愿意承受。我的母亲曾预言过我将孤独终老,是在我婚后某次难得的见面,在我家里,一开始还算正常,毕竟一两年未见,总有几句可聊的。她不无炫耀地跟我说起这一两年里她走过的地方,她仍然保持的体重,她远离父亲的自由自在。她还是长卷发,涂着艳丽的口红,略带夸张的语气和急于被认可的表情,也一点没变。她始终没问起我的生活,问起陈默,像个居高临下的审视者,对着家里的沙发、窗帘,甚至书柜,吐槽丑得没有底线。我除了不断地给她的茶杯添水,不知道还能做什么回应。你这个家呀,不只是布置得不温馨,还缺生气,不过等有了孩子就会好的。她自顾自地说。不会有孩子的,我就没打算生孩子,陈默也同意,这样挺好的。我平静地说道,她听后,瞬间勃然大怒,幼稚,荒唐,再过十年二十年,陈默还有后悔的余地,找个年轻的女人生个一儿半女,人生圆满,你呢,只能是孤独终老了,知道不，孤独终老。母亲咬牙切齿，一副恨铁不成钢的模样。没关系，无所谓，你是有孩子，你的婚姻幸福吗？你的孩子就一定幸福吗？我一点没退缩，扬着头一字一句地说。母亲怔住了，嘴角抖动了一下，红着眼眶，提着包摔门而去。我一颗泪也没有，走进厨房，把腌好的鱼和切好的酸菜、豆腐倒进垃圾桶里，这些都是她爱吃的，我一早去菜场里买来准备好的。压在心里的话终于说出口了，我竟然还是难过，收拾完垃圾，蹲在窗边，窗外万家灯火的映衬下，我像条搁浅的鱼。

在陈默面前，我坚持丁克的理由从来没有隐瞒，我学不会做一位合格的妈妈。他们毕竟生了你、养了你，或者，你可以将你没能得到的想象中的母爱，去加倍地给予孩子。婚后的陈默不再被爱情冲昏头脑，时常这样跟我劝解。听了这样的话，我疑心他已后悔娶我或者他在为他今后背叛婚姻做铺垫。当然这是早年间，过了三十五岁，他再没有劝说过我。他性子慢、柔，很难看到他发火，也从未有过浪漫热烈的表白，但他能担责，能适时地发挥丈夫应有的作用。父亲晚年身体欠佳，皮肤、心脏、肝肾轮流闹情绪，总在各大医院里辗转治疗，住院期间，尤其晚上，全是陈默陪护。陈默跟我父亲不可能有多深的感情，甚至，他们都有令对方讨厌的个性和习惯。父亲嫌弃陈默过于书生气，办事不果断，陈默不喜父亲以自我为中心，素来不把旁人放心上。但这些不妨碍，在父亲的病痛面前，两人出奇地统一和默契，与父亲必要的身体上的接触，我被他们拒之门外，陈默用一张行军床将自己与父亲紧密相邻，共渡难关。在父亲弥留之际，陈默仍然是他最值得信任和依赖的人，我因此常常觉得他们更像战友，有过命的交情，却从无更深刻的交流。

三八妇女节像个盲盒终于被开启。食材清单是头一天跟王森沟通的，我特意去了他办公室，说明来意，他倒有些不好意思，直说劳烦了。办公室里的几位同事起哄，工会不了解民情啊，王森家一年到头都是他做饭，这三八妇女节，更应该让嫂子体会一下做家庭妇女在厨房里的快乐。王森的脸都红到脖子了。小田，我这写给你吧。王森就着张白纸草草写下递给我。一条鳜鱼、两根黄瓜、一把茼蒿、适量小葱。几个脑袋凑过来，大声念叨。咱森哥是大富人家，是妥妥的拆二代，果然注重健康饮食呀。好脾气的王森由着同事们打趣，我快速撤离。

和小王买好菜后，去王森家。一路上我总觉得带着某种不可告人的使命，像电视剧里的潜伏者，之前与王森的所有往来，不过是掩人耳目。我真正要去完成的就是此次慰问，我将以工作之名去感受王森在家里不被理解的孤独，去探究"他"作为学渣，执意去异国求学的真实目的。王森早在楼下等候，架不住小王怂恿，到路口的花店里买了束玫瑰花。这是政府补偿的安置房，没有物管，还多是租户，路灯、卫生全凭自觉自愿。走过黑漆漆的、四处堆满了杂物的楼洞时，王森解释道。上到三楼，路灯突然亮了，楼道里铺着白色的地板砖，墙上明显有广告纸的贴痕。到了,请进吧。王森边说边拿钥匙开门。屋子整洁,但又过于有序,大大小小的收纳箱将鞋柜、茶几、餐边柜所有能利用的空间都做了区分和标记。沙发是白色的,地毯也是白色的,我和小王突然有些拘谨,换上拖鞋后,不敢轻易落座。随意一点,先坐坐。王森说着转身进了厨房,放下手里的鲜花和食材,随即端了两杯茶过来,小心地放在茶几上。森哥,现在三点多了,得拉开架势,一展厨艺,坐等嫂子大驾了。小王一点没忘记主题。那你俩随意一点,我做饭去了。王森笑着点了点头,语气里是征询,小王挥了挥手机,走吧,我是今天晚餐制作的记录者,视频的题目我都想好了,叫"爱的味道",你过会儿做菜的时候,要微笑、要深情,这样不仅视频拍出来动人,这菜保准也会更加美味。年轻人果然是气氛担当,头一日还口口声声担心尴尬,此刻却已把客场当主场,占据绝对主导。整个客厅成了我的领地,所有的蛛丝马迹休想逃过我的法眼,我最先看到的,当然是餐桌边上的照片墙。二十张照片,全国各大著名景点做背景,女主人看上去,长相秀丽,衣着时尚,而旁边的男孩儿,从小到大始终像根一心向上长的竹子,背挺得笔直,与父母刻意留出间隙,眉眼里不肯透露出一点该有的依恋。都是以前的照片,我儿子进大学后,就再不肯跟我们一起旅行了。厨房紧连着客厅,王森见我盯着照片有些不好意思地说道。大了呗,怕被唠叨,我反正是不敢跟爸妈去旅行,我怕耳朵听出老茧来。小王二十五六岁的年纪,有发言权,自是接过话头来。别说旅行,他读大学那会儿,一个假期人影都看不见,现在出国留学,就更难见着了。王森围着围裙边说边清理那条鳜鱼,刀板上鳜鱼死瞪着眼睛,像有天大的冤情。你们要给他自由,他不掉坑里几回,是很难理解父母的良苦用心的。小王一副过来人的样子,发挥了意想不到的效果,"他"很自然地成了我们的话题。

在王森的讲述中,我几乎就看到了他小时候的模样。瘦巴巴的,不爱吃饭,也不怎么爱笑,在城南河岸边的一幢四层带院小楼里,爷爷奶奶挖空心思,也没有让他胖起来,没有让他变得更快乐。那会儿,他最大的困惑就是两位被叫作爸爸妈妈的人,总是隔段时间才会出现,他们带着工作上的困扰、路途上的疲惫和对他的思念,把他紧紧抱在怀里时,他总是觉得恍惚,像不明缘由地突然得到了一大罐糖果,不敢触碰、品尝,担心随时会被收回。他其实有很多话想跟爸爸妈妈说,他平素都记在心里的,他夜里的想念、他跟伙伴们玩耍时不小心摔了跤的委屈,没有一次说出来过,他害怕自己去贪恋这短暂的依靠。

他幼时很乖巧,三岁就一个人睡觉,我和他妈都在乡镇工作,一两周才回来一次,每次走,他也不哭闹,倚在门口,挥着小手。王森沉浸在幸福的回忆中。我想说一个小孩在父母离开时不哭闹,一定会在父母离开后哭泣,但话卡在喉咙里,没敢开口。我自己小的时候就这样,母亲总会在与父亲吵闹后消失数日，这时候的父亲暴躁易怒，我会百般小心，出奇地懂事，很害怕突如其来的责骂。尽管如此，也难以幸免，偶尔还是会被带着身酒气的父亲怒骂，你跟你妈一个样，没良心，良心都被狗吃了。父亲恶狠狠的，我背着手躲在门后，还是被连踹了几脚，咬着牙，不敢哭也不敢跑，怕他会抓住我说，跑哇，你跟你妈一个样，就会跑。但这些，母亲不会得知，她只会因为父亲低声下气的讨好，自以为局势扭转，回到家想安稳度日，只会在与闺蜜聊天时，突然很欣慰地说道，我的婚姻虽然千疮百孔，但好在女儿没受影响，懂事，听话。大人们，从来自以为是。

王森还在回忆，但手上的活干净利落，一点没落下。凉拌黄瓜，茄汁鳜鱼，麻婆豆腐，都陆续上桌。如平时，就我和他妈，这些菜就足够了，但今天有你们两位嘉宾，我还准备了我最拿手的炖鹅。王森躲过小王的摄像头，轻声道，语气多了些活泼。胖嘟嘟的砂锅被端到灶上，随着温度上升，肉香味被逼得四处逃窜。揭开锅盖，王森得意地说，这一锅可是我在这世上生存的底气，如是有朝一日失业了，我可就靠它了。小王很配合，凑近了深呼吸，闭着眼夸张地说道，如果没猜错，这一定是江湖上失传已久的药膳鹅，据说独门秘方这世上只有一两个人见过，今日能饱口福，三生有幸啊。我在一旁很羡慕小王，不做作，不忸怩，自然，且又能迅速适应任何场景的转换。她应该没有与父母离散的童年，或者，她也没有一对自以为是的父母。

大鹅热好盛上桌，碗筷也摆好，饮料是王森自制的百香果蜂蜜茶。王森看了看表，对着镜头说，女主角还有五分钟到家，我要做最后一道菜了，清炒茼蒿。小王对王森主动入镜表示赞许，竖起了大拇指。

少顷，万事俱备，女主人忠兰一袭宝蓝色针织连衣裙，笑吟吟地推门而入。嫂子好。小王举着手机后退了几步，热情地打着招呼，我也挥挥手，跟着微笑示意。忠兰浓眉大眼，举手投足干练果断。王森按照小王导演提前商定的脚本，手拿鲜花，深情表白，忠兰也配合得恰到好处，对着镜头，眉目含情，一脸幸福。

快，快坐下吃饭。待小王用支架摆好手机后，忠兰一边招呼我们坐下，一边挨个儿盛汤。王森，我就知道你又忘记备葱花了，这汤的香味至少减半。忠兰突然收起笑脸，有些严肃起来。是是是，又忘了。王森乐呵地应着。你们看，我的建议，老王是虚心听取，但从不采纳。家里的大事小务，他跟我就没有一次统一过意见。忠兰作为老师的身份逐渐暴露出来，哪怕在说起敌我矛盾，也能循序渐进，引人入胜，为证明自己所言确凿，还列举了一二。早年，刚刚为人父母，我俩都在乡下工作，我说男孩皮，能走能跑了就应该带在身边严于管教，他不同意，说什么乡下条件差，还是在城里跟着爷爷奶奶好。这一决定直接导致孩子长大后跟我俩都不亲，学习也不太好。大学毕业后，我就想让他出国，能短时间混个学历，我不怕你俩笑话，这也是没有办法的办法，我身边很多同事、朋友的孩子都是走的这条路。在国外一年就能读完研究生，早一年毕业，趁着"海龟"还未贬值，找工作总会容易些吧，可他呢又心疼钱，天天在家里跟我闹。忠兰老师对我们一点不见外，职业养成的表达欲稳定发挥。王森对于忠兰突如其来的抱怨和吐槽丝毫不觉得惊讶，看着我和小王，有些抱歉地笑了笑。关于"他"的话题开启得有些意外，我竖起耳朵，双眼直视，由衷点头。忠兰所言逻辑自然，为"他"量身定做的求学就业之路，也符合社会现实，似乎比王森更有说服力。小王对着忠兰则是表现出一副迷妹的样子，嫂子，你说得太对了，童年，就不能离开父母，再说，你对你儿子真是深谋远虑，决策英明，别的不说，我一同学，二本毕业，她妈卖房子，花了近三十万送他去日本留学，一年后回来恰逢一央企招考，因为这学历，直接PK掉很多重本院校的毕业生，轻易地解决了就业问题。忠兰对于我和小王的赞许表现出意料之中的满意，类似的情形，她大约见过不少。来，咱边吃边聊哈，都随意一点，一个家庭，女人哪真就得做定海神针，不能指望男人，大多数男人抗压能力弱，做事保守，没有主见。关键时刻不拖后腿，不泼冷水就算是立大功了。我儿子留学，他可拦不住，这种决定前途命运的时刻，我决不会退缩。这不儿子马上就要毕业了，我这也提前给他做好了规划，有几家国企按往年的招考条件来看，他是很有优势的。忠兰话里话外都透着一股胜利在望的喜悦。听起来，跟王森曾经说的有些出入，去留学似乎根本就不是"他"的主意，"他"只是在服从、执行母亲的安排。在我心里"他"忽然变得柔和、弱小，甚至还有些茫然无助。

我有些恍惚，后来，大家还聊了些啥，都没往心里去。临别时，我心不在焉地道着别，眼里却下意识地看了一下照片墙上"他"唯一的一张单人照，站在峭壁之上，穿着校服、球鞋，普通到很难去描述他的特征，但又让人莫名地有些心疼。

结束了在王森家假公济私的晚餐，路上，小王有些意犹未尽，姐，都说找对象要互补，还真是哈，森哥安静沉稳，陈老师开朗外向。是呀，所以，你也学着点。我顺口应着，心里却疑惑在"他"出国留学的起因上王森和忠兰的各执一词。从情感上来说，我信王森，他在公司一直拥有忠厚老实、待人诚恳的良好口碑。从子女的角度来看，我信忠兰，因为这世上，只有母亲才会迫切地想要孩子去过上在她认知以内且能把控住的最好的人生，甚至不惜将这种迫切演变成强迫。当然，即便是强迫，作为母亲她是不自知的，焦灼会让她变得偏执、恐慌，她甚至会怀疑，如果事与愿违，人生会就此彻底沦陷。我母亲就不止一次断言过我就是一条翻不了身的咸鱼，没有如她的意，考取行政事业编，工作上注定不会有长进；没有如她的意，孕育下一代，婚姻注定难保全。

半月后，某日，聂姐在群里发来信息："三八"节自主创意活动，我们工会小组拔得头筹，收获奖金两千元整，诸君，六点在郁香阁的"水云间"共进晚餐，举杯庆贺！群里一下子热闹起来，纷纷响应，实至名归，闭着眼都知道会花落自家，哈哈；咱就是出手不凡，想不赢都难；必须不醉不归呀……临近下班，可谓是黎明前的黑暗，看看大家的发言和表情包，似乎周而复始的工作也不那么枯燥了。郁香阁就在公司隔壁，"水云间"可围坐二十多个人，不到六点，大家都陆续赶到。一进门就见着餐柜上放着一箱白酒和一箱红酒。哟，咱今天聚餐的规格是不是整高了，两千块的奖金还不够这酒水呀。看看这门上贴着的菜单，严重超标哇，聂姐，是不是还有什么意外的惊喜？大家七嘴八舌，嬉笑着，要知道平日我们聚餐，那可都是对照奖金精确计算、毫厘不差。快坐下吧，看看还差谁不，别管那两千块，敞开吃敞开喝，超的算我的，大家高兴就好。聂姐拍了拍手，带着从未有过的豪爽。一一落座后，大家相互看了看。还差两个，我们办公室出差一个，另一个，嗯，森哥，他，他来不了。说的人看着聂姐面露难色，有些欲言又止。聂姐似乎也会意，点了点头，催促着服务员上菜、斟酒。王森素来寡言，在热闹的场合若有若无，没有人深究他来不了的原因。菜很快上齐，酒也斟好。聂姐起身举杯，刚刚是谁在问是不是还有惊喜？很遗憾，惊喜没有，但感谢有，再过两个月，我就退休了，这个奖，是我陪大家拿的最后一个奖，谢谢大家多年来的支持，这第一杯酒，我敬大家了。聂姐有些激动,两颊绯红,举杯的手也有些抖。聂姐,恭喜呀,马上就解放了,以后再有什么活动,你可是我们的特邀嘉宾,还一起玩,一起拿奖。聂姐,你看你这么年轻,就财富自由、时间自由了,这是多少人所求之不得的呀,恭喜了。大家由衷地举杯庆贺,对于工作,永远是拥有者厌倦,追求者向往。酒酣耳热之际,聂姐把我拉到一边,轻声说道,王森生病了,县医院诊断是肝癌,昨天转院去了省医院。意外总是猝不及防,刹那间,我像触电一样,被吓得无法动弹。聂姐拍了拍我的肩,你和小王"三八"节不是才去过他家吗?等他回来,我们约几个同事一起去看看他。我杵在那里,表情应该很难看。

酒桌上,大家还在推杯换盏,王森办公室的几位同事情绪稍显低落,直到曲终人散,大家尽兴而归,也没有人提起对王森的担心,更不敢声张他的病情,幻想隔天就能听到他误诊的消息,这一切只是虚惊一场。

但消息最终传来,王森确诊为肝癌晚期。跟他要好的几位同事专程坐了四个多小时的车,去省医院看他。他应该不知道自己的病情,精神不错,还跟我们聊工作呢;医生说,最多就三个月的时间了,好人命不长啊;据说癌症治疗主要靠心态,隐瞒病情,保持好的心态,说不准王森能多活几年。同事们回来后,食堂、电梯、会议室的走廊,各种惋惜、猜测开始流传。女同事的话语里,末了,都出奇地一致,真是造孽,他儿子还在国外读书呢,上有老下有小,他老婆一个人挑重担,这日子咋过呀。我曾目睹过王森夫妻二人油盐酱醋的日常，耳闻过他们对孩子未来的计划，心情更为沉重。忠兰老师乐于倾诉，又有谋略，倒不是太让人担心。而"他"远在大洋彼岸，还没学会与父亲亲近，时间突然就变得紧迫了，心里一定充满了悔恨、难过，不知所措。我问起同事，王森的儿子回国了吗？不知道哇，他就这一个儿子，按说应该回来。他儿子呀，可是个败家子，征地补偿的五套房差不多给他败光了。虽说有这么个儿子，但没有更好，说不准王森的病就是被他气出来的。众说纷纭，"他"像置身在玻璃棱镜里，大家看到的样子各异。

两个月后，聂姐退休，聂姐和我说好去看看王森的约定，在殡仪馆得以实现。大家痛惜王森英年早逝，忠兰老师中年丧偶。灵堂内外一身素衣紧裹的忠兰老师在不时穿梭，跟前来的亲朋好友打着招呼、跟阴阳先生交涉后事的细节、跟服务人员交代后勤杂务，她面容憔悴、声音嘶哑，但又一如既往地干练、果断。好像任何意外，都未曾侵扰到她。安慰的话到了嘴边，仍然不知该如何开口。谢谢你们来送他，王森是个福人，就没操过心，这病来得也快，没受什么拆磨。忠兰老师比我们会开解人，三两句话说得我们连连点头。"他"呢，寻遍四周，好像也不见踪影。吃饭的时候听得桌上有人议论，王森这儿子因订机票出了点差错，现在还未赶到。他们家里人也是，前两个月干吗去啦？事到跟前了才通知，你让他儿子怎么赶？唉，这儿子不一定赶得到,他那些朋友同事也很现实,怕王森老婆以后不还人情,好多都没来。我和聂姐听得如坐针毡,替"他"捏了把汗,又替王森感慨这世间的情谊稀薄,不敌钞票几张。

王森的离去,在公司里仅是持续了几天的热度话题。很快,他在整个办公楼里有过的痕迹都已彻底清除:贴在墙上的工作照、放有他私人物品的办公桌、集团号里的通信录、系统里的个人信息。他的岗位早有人接替,他只是公司发展链条中的一小节,坏了,换掉,一点不影响公司的运作。我不知道他留在家里的物件是否还会保存,忠兰老师,理性、豁达,未必会允许过往的点滴成为未来的羁绊。我也不知在他儿子的心里他会存留多久,或者占据多少。我更不知道王森临走前还有哪些遗憾、不舍。当然,同样也没有人会知道,不曾孕育过生命的我,曾将自己嫁接在王森身上,去找寻和感知过"他"的存在。尽管我无数次想象,却终未见过"他"本人的样子,我与忠兰老师、与"他"此后在生活中恐怕也再难有相交。在一个周末的傍晚,我又看了一遍三八妇女节在王森家拍的未曾剪辑的原视频,忠兰老师吐槽王森时,王森的表情无辜又可怜,在说起儿子很快就要毕业时,王森眼里有一道光。王森一直面带微笑,不曾辩驳,与之前在酒桌上与我倾诉时的样子形同两人。这世上,谁又曾真正了解过谁?

妈好像回来了,这个周末去看看?某个晚上,我和陈默躺在沙发刷着手机,他突然说道。嗯。我沉默了一会儿,应着。我知道他是看到我妈发的朋友圈了,她的行踪在朋友圈里毫无保留。人老了,还是要多陪陪,免得留遗憾。陈默还在为自己的建议做进一步说明,我起身进了里屋。

久别重逢的戏码,我和我妈演一次砸一次。那次在我家为孩子的事不欢而散后,再见到她是在父亲的葬礼上。她风尘仆仆地赶来,身上穿着还未来得及换掉的紫红色的长裙,嘴上残留的口红有些干裂,头发凌乱,眼圈红肿。姑妈把她拦在灵堂前,递给她一身孝衣要她换上。她愣了一下,乖乖地去把衣服换好。他身体毛病多,身边就不能离人,你没时间陪他,给他请个人总行吧。她没好气地冲我吼。父亲离世,要处理的事务很多,我根本来不及伤心难过,更担不起这样的罪责。是,他身边不能离人,你担心他你当初就不应该走哇,你都选择一走了之了,干吗还在意他的死活?我直视她的眼睛,声音虽不大,但字字如穿膛的子弹。她没料到三年未见,我还是一点不肯让步,皱着眉头有些不可思议地看了看我,回头又含着泪跟姑妈说,你听见没,她的嘴跟她老汉一样毒,我这辈子谁也靠不了,说点贴己话的人都没有。姑妈已见怪不怪,敷衍了两句就自顾忙活去了。那两日,她逢人便哭诉自己当初离婚是不得已,抱怨老天不长眼,让他走得太急、走得太早。她哭得一点不像一个离异的前妻,外人看来,一直潇洒地四处游逛的她像在做戏一般,但我知道,她是发自肺腑,像孩童一样坦诚,她只是和父亲没有经营好婚姻、家庭，但她爱他，爱这个家，确凿无疑。葬礼结束后，她不辞而别，朋友圈里，她又开始远行，我因此看到了云南艳丽多姿的多肉、西藏的蓝天白云和更多不知名的山川、湖泊。没有文案，也未见她的身影。她，就是一幅流动的风景。

我想过，等她跑不动了，停下来时，我俩能够像对正常的母女一样相处。她仍然住在老房子里，我每个周末去看她，给她准备好糕点、水果和牛奶，请家政给她打扫一遍屋子，帮她洗头洗澡，收拾好脏衣服，再带她去街上吃她爱吃的牛肉炭火煲或者酸汤鱼。一周见一次，这个频率刚好，基本能维持相见不厌的和谐。

但现在，她在朋友圈里更新了动态，一张小城的夜景，附上一行文字，不想再走了，最美的风景原来就在身边。我明显能感觉到她的疲乏、困顿。在她还能够自主生活的情况下，她选择留在小城，这让我有些慌乱。到了周末，陈默早早就把我喊起床，买了些她爱吃的水果和糕点。过会儿她要是脾气急，说话难听，你也忍着，说话可别太冲。走到门口，陈默还不忘嘱咐我。深呼吸，敲了敲门。好一会儿，门开了，她穿着件灰白的开衫，散着头发，气色不太好。看到我和陈默，脸上闪现出一丝意外和欣喜。屋子里还保持二十年前的样子，木沙发、简易的餐桌，已经变作哑巴的电视，墙角立着把锈迹斑斑的电风扇，阳台的窗户是打开的，有阳光进来，却依然觉得有些清冷。将就坐，昨天稍微打扫了一下。她一边说着，一边去拿热水壶。妈，不用烧水，你来坐坐，我去洗点水果。陈默起身，拿了袋冬枣去厨房。我和她隔着一束光柱，看对方都有些模糊。身体还好吧？挺好的。要不要给你请个家政啊？不用。我们的聊天简单直接。陈默端着枣子出来，小心地征求道，要不下午约上大姨、二姨和姑妈她们，一大家子吃个饭，热闹下。不用，你大姨和二姨昨天来过，她们也忙，一家两个孙子，脱不了身。她一口拒绝，对无意说起"孙子"，似觉不妥，又赶紧补充道，你们也忙，不用操这个心。我和陈默互看了一眼，不知道说啥好。直到离开，我和母亲的对话虽简短，但一派祥和，好像我们之间连接的是根松紧带，时间一长，就自然松弛了。

几天后，大姨突然出现在公司的楼下，神情凝重。你有时间的话，多陪陪你妈，她挺不容易的，和你爸离婚那阵，她就查出鼻癌，怕你们担心，也不让我们说，这些年她外出，一直是在打工治病，现在年纪大了，没地方雇她了，她才回来的。大姨的话无疑像颗炸雷，过往的岁月被炸得血肉模糊，我呆坐在路边的花坛上久久缓不过神来。我重新审视与母亲的关系，哪怕在我很小的时候我们也从未有过关于爱的亲密表达，没有过平等的交谈。她勤劳独立，以拒绝花费父亲的钱财为傲，并以此强调任何关系都不能脱离独立的个体，必须自己为自己负责。这样的言论并不影响她对我学习、高考、就业、婚姻提出要求和建议，她的语气永远是不由分说，坚决强硬，让我忐忑、惧怕。我们没有过相互依赖，只是隶属于母女关系下的同居室友。但尽管如此，我希望她快乐，尤其在她离开父亲后，希望她能过得更加洒脱，为自己负责。

母亲因为年老、病痛留在了小城生活，我努力去做一个合格的女儿。跟医生联系，领着她配合治疗。一开始，我们都很别扭，有意无意地保持着距离，避免身体的靠近。她已经是鼻癌晚期了，因为长期化疗，身体虚弱。在医院里，她像个小孩儿一样，目光紧跟在我身后；她静静地听我跟医生反复沟通；她乖乖地喝下我炖好的鸡汤。她彻底变成了一个曾经会令她觉得羞耻的被照顾者。除此之外，我们没有多余的交流，她因为占据了我的时间，并且暴露了自己在病痛面前的软弱而时常流露出焦躁的情绪。你去忙你的，你不用来陪我，我自己能行。她不止一次这样说，就像四十年前的我，一个担心自己踩踏在父母耐心边缘下的小孩儿。

我和母亲从未学会过关爱，把自己活得孤独而决绝。压抑了很久的眼泪终于在某个午后奔涌而出，我一个人坐在办公室，眼泪大滴大滴地落在桌上。好一会儿过去，门外的走廊上突然响起一个声音，请问，工会办在哪里？一口标准的省城话，清脆、语速较快，听上去是位很年轻的男性。我侧身抹去眼泪。工会办在1303，你要找谁？好像是小王在门外回应。我是来给我父亲王森办理死亡的一些手续的。那个声音一点没有往回压的意思,仍然干脆、快速,好像在陈述一件与自己毫无关系的事,又好像只是受人之托,顺路来帮个忙,有点急不可耐的样子。我听得"王森"二字,心里一阵紧缩,王森曾用很多表格、文字、证书等来证明自己在这世上的各种身份,最后却只用一张纸来证明他离开了人间。我知道"他"就在外面,但父子一场,在亲口将父亲与"死亡"二字连在一起时,他的声音里竟没有流露出半点悲痛、难过。我忽然觉得我从来都没有真正接近、了解过他,所有的猜测、假设,都与他毫不相符。几分钟后,我听得他道了声谢谢,我忍不住起身站到门口,看见他大步流星地往电梯间走去,他长得很高大,肩宽膀粗,步伐坚定,像面旗子,独立、高扬,他从来不是我想象中的那个孩子,或者,这世上就没有谁活成了别人的想象。

麻巷子

这里以前叫作麻巷子，现在仍然是，没有由来。

同样没有由来的还有苍伯，半生年纪了才来寄居于此，真正的主人们在"拆迁"二字的催促下，早已搬进楼房，只剩下他，像是比谁都恋旧似的，不肯离去。

茶馆的麻二是他多年好友，时常替他担忧：要不，搬了吧，这水电都没了，巷子前后的街道已开始拆迁，又脏又吵，进出也不方便哪。苍伯摇了摇头，我早出晚归的，电也用不着，水嘛，巷子里不是还有口水井吗？这免费的住宿上哪儿找去，住一天赚一天，等哪天拆到这里了再说吧。话音未落，只听得不远处一声巨响，空气中弥漫着尘土，又一幢房屋应声倒下，记录在每一扇门窗里的时光、欢笑、痛苦被瞬间撕毁。

一个人时，苍伯不断整理自己的物品，做好了随时离开的准备。然而，也不知是什么原因，前后两条街拆完后，推土机便失去了从外向里继续去进攻、占有的热情，麻巷子像是被抖落在了独属于苍伯一个人的星球。苍伯原本悬着的心逐渐落了来，屋子里的东西渐又放任、自我，如同从前。

巷子前后已经成了废墟，无论从哪一头进入小巷仿佛都要历尽艰辛。苍伯像个冒险者，早出晚归，在废墟里小心翼翼地行走，独守着巷子里一间小木楼。说是小木楼，其实只是二十平方米的单间加个阁楼，楼下用于起居，楼上堆点杂物，他在这里至少租住了二十年，房东已调离小城，头一年为办理拆迁手续回来过，与他没有了租赁关系。现在住在这里，他的身份与流浪汉更为接近。事实上，这些年来，他就像一本被撕毁了前半章的小说，像一个失去了谜面的谜底，像一个不知来路的不速之客，他没有任何牵挂，粗糙而认真地活着。他所结识的朋友与他相似，仿佛有一个巨大的磁场，令他们以生存的名义不约而同地聚到了一起。这个磁场，在小城里就是——大桥下，大桥下，几乎就是这座城里的人们对走投无路的另一种说辞。它蓬勃、芜杂，可以接纳任何一个人，也可以包容任何一种世事变迁，它是绝处逢生，是柳暗花明，是破坛破摔，也是卷土重来。在这个磁场里，过客始终是过客，留下来的前途未卜的人们如同在寒夜里身披薄衫抱团取暖。

王二就是苍伯在大桥下结识的第一位朋友，现在突然耷拉着脸出现在小巷里。大哥，我准备回老家了。苍伯有些疑惑，暗自琢磨，才半月未见，能生出什么变故？我这手使不上力，没有进账了，再在这城里待下去，吃饭都成问题，刚好房租到期，我回去算了。王二的嘴里像含了颗黄连。回去？你回去跟谁过？你就一个姑娘，真要去跟姑娘过的话，她在婆家可就矮一截了，你和她的日子都不会好过。苍伯毫不留情，一针见血。王二原本只是来告别的，却才明白自己其实哪里也去不了，一屁股跌坐到石梯上，垂着头，什么话也说不出来。搬到这里来吧，起码房租、水电省了，吃饭也别愁，有我一口就不会少你一口。苍伯倒像是这条巷子里真正的主人，对于落魄的朋友，豪气地敞开怀抱。

当然，二十多年前两人就曾同居过一室。那时，王二还很壮实，三十出头的样子，背着个背篼。苍伯背着所有家当从车站里出来，正四处张望着，打算找个地儿填填肚子，王二就一脸讨好地凑了过来。大哥，你要去哪里？我帮你背行李、带路。他一愣，拽紧了行李包。身后不断有人在推搡，马路两边各种叫卖声此起彼伏，他有些不知所措。你，还没吃东西吗？前面有羊肉面、牛肉汤锅，我带你去。他皱了皱眉。很近的，喏，你看，就在前面的大桥下。王二试图打消他最后的疑虑。他的视线越过人流，只见一座大桥从马路的上方，跨到对岸。他有些好奇，情不自禁地往前走。到了桥底下，才发现真是别有洞天。汤锅、水果、馒头、凉茶，任何一种买卖在这儿都显得生机勃勃。编背篓，打纸钱，做家具，刻石碑，手艺人们在极其有限的空间里施展着才艺，大桥下，强烈的包容性，令流浪过无数地方的苍伯有些心动。大哥，你先吃点东西吧，需要背东西的话，我过会儿再过来。王二说着跟他挥了挥手，转身汇进了人流。后来他才知道，这就是王二的营生，以力气换取温饱。苍伯留下来,是从长计议的,他有手艺,理发。一开始,小摊不能再简易了,一个洗脸架、一个盆、一个桶、两个温瓶、一把椅子,再加上手足无措的他,就是全部。他的主顾们和他一样居无定所、生活无依,对仪表有足够的宽容。一开始他分文不取,只求给人行个方便,打个广告。渐渐地主顾们便有些忐忑,在享受完他的服务后,极为满意地对着洗脸架上的镜子拨弄了一下头发,小心翼翼地从口袋里摸出两张零票。你也要生活的,要不以后可不敢再来了。两张零票朝他手里一塞,他先是很惊讶,退了几步。拿着吧,也不多,你晓得的,我们一天也挣不到几个钱。说的人都露出惭愧的样子,苍伯有些难为情,犹犹豫豫地接过两张零票,红着脸充满感激地把那人摁在椅子上,回头又招呼着隔壁卖酒的陈三打半斤酒来。理发摊便从此正式营业了。

理发摊一摆就是二十年,除了王二和陈三,苍伯后又结识了刻石碑的李石匠、打家具的张木匠等。他们都是背井离乡,单枪匹马,独自过活,自然地成了很好的朋友。夏日的晚上,常常围坐在河边,赤着脚,就着花生米和一些陈年旧事,对饮小酌。月光清亮,河水轻柔,膀大腰圆的汉子们的聊天遥远而模糊,像远行的船只,像消失在尽头的水鸟。冬日里,火膛里烧几个红薯,暖一壶老酒,盘算着一天的收入,间或讲几个主顾们留下的八卦,热闹又温馨。

王二现在再次成为苍伯的室友,床是从废墟里找到的一张门板，洗净后，铺上被褥床单，搭个被子，就可容身。五月的气温刚刚好，像初相识的朋友，新鲜而又保持着恰当的距离，不热烈也不疏冷。苍伯和王二各自躺在床上，有一搭没一搭地聊着天，在话音落地的间隙，能听得窗外的虫鸣，伸手能触到银白的月光。苍伯惦记着王二的手臂。是因重力拉扯到了筋骨吗？明天去医院拍个片看看吧。也没摔，也没撞，搬的货物也未超过一百斤，前几天这手突然就使不上力了，跑去医院拍了片，医生说啥问题也没有。王二叹了口气。要不，找陈三看看，他是有一套的。苍伯记起有一年，他的肩颈僵硬，疼痛难忍，陈三给他打了一斤药酒，每日一两，酒干病除，疗效显著。还真是把陈三给忘了，大桥下的集市解散后，大伙都难得聚在一起。王二扯了扯被角，声音空旷、辽远。苍伯陷入沉思，十年前，突然接到集市要解散的消息时，大伙都怔住了，跟街道的办事人员反复求证，真的不能在这摆摊啦？离开这里，我们该如何求生哦？办事人员苦口婆心，因为要创建文明城市，要规范市场，这里要建成花园，你们以后摆摊，得去租门面、租摊位。大伙都傻眼了，像挨了当头一棒，像失去父母庇护的孩子，无所适从。晚上，大伙凑了一桌子菜，摆在河岸边。苍伯买了只卤鸡，王二拌的凉菜，张木匠炒个回锅肉，李石匠煮了一锅素南瓜，陈三抬来一坛子天麻药酒。那一晚，都喝得有几分醉意，在说起今后的打算时，都很迷茫。他们赚的都是零票，无法承担高昂的门面租金，只能打游击，去赶赶乡镇的集市。

次日，陈三接到电话后，散了集就赶过来。苍伯多做了两个菜，三只矮凳，一张小桌，三个老伙计围坐一起，天色渐晚，抬头就能看到几点星光。陈三说起自己的药酒时是骄傲的，如果不打断他，他的那些成功案例足够他把口水说干。在看过王二的手臂后，他思忖了半天，把背包里的几个药酒葫芦翻了个遍，最后挑一个倒了一小碗。把这喝了，一天一两，不出十天，就好了。陈三拍了拍王二，一脸自信。接着，又拿起一个药酒葫芦给苍伯和自己的碗里倒了半碗，来来来，大家有段时间没见了，这酒今天可得喝高兴了。碗里的月亮晃荡着落进肚里，酒过三巡，话说得就有点密了。彼此的境况，惊人地相似，孤身无依，年老体衰，往前看，这日子只会越来越难。老实说，现在是夜里睡不着，早上醒不来，我都好几次睡过头，没去赶集了，再说，这药酒也就年纪大的还信，年轻一点的，他们就把我当骗子看。陈三的声调低下来，头上的白发有些刺眼。不嫌弃这里脏乱，你也搬过来吧，大家好相互照应。处了几十年的兄弟，苍伯当然知道陈三的难处。妻子十年前就去世了，儿子大学毕业后留在了省城，娶了城里的媳妇，那个家陈三是不可能去的，就算装聋作哑，也难有立足之地。天色渐晚，巷子里没有灯光，但彼此的难言之隐却清晰透明。

隔天，苍伯和王二就把两张床拼在了一起，又找来些木板靠着两把椅子把床加宽了些。等陈三一搬过来，三个人睡也一溜，热闹又亲近。陈三爱整洁，又爱侍弄花草，没几日，巷子前后就清理出一条小道，门口也多了几盆用烂瓦盆种的绿植。你信不信，到明年春天，我会让这条巷子开满了花。陈三得意地说道，脸上洋溢的笑容感染了苍伯，好像这里是他们居住多年的家园。这条巷子，在小城算是独特的存在，青石板路、古旧的木楼，像被封存的宝藏，躲过了时光的侵蚀。巷子的结构像一条打了结的蛇，盘绕萦回，出口很多且极为相似，房子又全是两层的砖木小楼，第一次走进巷子，多少会有种误入迷宫的错觉，像是进入了一个循环的空间。早年间，曾流传过一个笑话，说住在巷子里的人，都是当年在这里捉迷藏没走出去的人。但其实在巷子里只要找到水井的位置，基本就已清楚了各个方位，巷子共有十个出口，水井在巷子的中段的角落，朝前数，左右共四个出口，朝后数，左右共六个出口。水井不算小，井口处搭了个半米高的防尘盖子，像扇窗户，在很长时间里，这扇"窗"满足了整条小巷的人们生活用水，免去了下河挑水的劳累，也因此，常有人疑惑争辩，这条巷就应该叫水井巷，而不是毫无意义的麻巷子。几年前，关于巷子的规划，苍伯在麻二的茶馆里听过不同的传言，建广场，建商品房，建老年活动中心，等等。但事实上，这条小巷的四周都在进行棚户改造，唯独这条小巷像是被人彻底遗忘，就连这里曾经的住户在搬进了明亮、宽敞的安置房后，也没人再提起这里的过往。

陈三和王二的到来，让苍伯有了一个大胆的想法。仍然是在黑漆漆的饭桌上，苍伯说，要不把隔壁的房子收拾一下，叫李石匠和张木匠也住过来。这个提议，陈三和王二当然赞成。说起来，李石匠和张木匠也是苦命人，没成家没子女，这几年，石碑和家具多是用机器制作，连生意也快没了。上周我还见过他俩，李石匠在城郊的石料厂边搭了个木棚子，方便找活，那张木匠跟他凑合着住，要不我现在打电话跟他俩说说。陈三性急，拿出手机就要找电话。别慌，这事最好当面说，而且这间屋也不够住了，我们得先看看隔壁的房子能不能收拾出来，往后的生活咋安排。王二按住张三的手，苍伯也若有所思，要不咱们去麻二那里坐坐，聊聊，人多想得周全些。

茶馆里已坐满了人，麻二正提着茶壶四处加水，见着苍伯他们进来，指了指里侧靠墙的位置。茶馆里尽是男人，与苍伯上下年纪，一人一盏茶，一桌一架算盘，男人们手里拿着钻研了一辈子的纸牌，仍热情不减，一旁的看客们也兴致昂扬，附在耳旁出谋划策，若稍显犹豫，看客们都忍不住伸手比画，恨不能亲自上阵。麻二端了三碗茶过来，摆在他们面前。你们全都住在巷子里？还要叫上李石匠和张木匠？麻二还是一脸不可思议。对，叫上他们一起住到巷子里，又省钱、又热闹；巷子里除了没电，其他都挺好的；免费的住宿呢，要是没人撵的话，我们巴不得一直住。苍伯、陈三和王二，你一言我一语的，急切又充满着被认可的期待。我听说麻巷子还是要建成广场、花园，只是现在四周都在改造重建，不方便同步施工，所以延后了,估计还得有一两年。去买几个应急照明灯、充电宝,到我这儿来充电,充一次电能用好久的,还要记得买水泵和水管,把水从水井接到屋里,省力些,你们哪别忘了自己是把老骨头了,要晓得爱惜。麻二若有所思,替他们一一盘算道。苍伯他们不住地点头,布满皱纹的脸上有着按捺不住的欣喜。

第二天一早,苍伯就和陈三去买来水泵和水管进行安装,王三去买了应急照明灯和充电宝。简单吃过早饭后,三人把隔壁的两层小木楼上上下下地收拾了一回,房子比他们住的要宽敞很多,上下各两间,每间房足足有三十平方米,楼上做卧室,楼下其中一间砌有土灶,把灶膛、烟囱掏了掏,点个火、坐上锅,竟没倒烟。王二大喜,到了冬天,若是灶上暖着茶,灶膛里埋上几颗土豆、红薯,得多舒坦哪。苍伯也留意了一下楼梯和门窗,都完好无损,顶多在冬日来临前给窗户换两张透明的塑料薄膜。要是来一场雨,把里里外外的灰尘冲刷干净就更好了。陈三对于一上午的劳动成果很得意,我们这个家很像个样了,现在就算大街上有免费的楼房给我我也不愿去住,在这儿,一抬头就能看见天,一弯腰就能摸到地,晚上清清静静的,睡觉都格外安稳。一切收拾妥当,陈三就去了石料厂,不到半个时辰,带着李石匠和张木匠有说有笑地出现在巷子口,苍伯和王伯应声出来,五个老伙计,虽偶有碰面,但真正这样全都凑在一起已多年不曾有过,站在残破的巷子里,彼此打量，互拍着肩、捶着背，笑着笑着，泪水不由得就从眼角滑落下来。李石匠和张木匠当然是一百个愿意住下来，在石料厂里搭的小木棚已经被老板催了几次，要求拆除，老板心善，之前从未难为过他，但小木棚所占用的那一小块地老板现在想建个小厨房，方便工人就餐，他们没有理由再赖着不走。住宿难题意外地得到解决，李石匠和张木匠对眼前似骨肉兄弟的老朋友，一如既往地信赖、欢喜，对这条跟自己一样体衰力竭的小巷子所给予的宽容和体谅充满了感激。

五月的雨并不稀缺，一场大雨，把巷子里的木楼从头到脚冲洗了一遍，地上的青石板干净得像玉石一样泛着晶莹。王二把所有能盛水的物件都派上了用场，桶、盆、锅、碗，甚至杯子，在屋檐下摆成一排，雨水与几块抹布担任起给这两幢木楼内里梳妆的重任，尘埃除尽，地板的纹路清晰可辨，窗户四个角的雕花，梅、兰、竹、菊，也跃然显露出主人的喜好来，屋顶的瓦片破损了不少，好在王二早有准备，从周围捡来了一筐瓦片，等雨一停，立马搬来木梯，叫上张木匠搭个手，大半天的工夫，木楼就已焕然一新。

李石匠和张木匠要搬的东西不过是被褥、枕头、几件换洗的衣服和几双碗筷，很快就收拾停当。天色渐晚，对岸冒出零星的灯光，王二开始淘米，烧火煮饭，陈三和苍伯相继回来。陈三手里提着块红白相间、颤颤巍巍的五花肉，苍伯背了一背篼蔬菜，一一拎出来，有洋芋、胡萝卜、白萝卜和大白菜。五花肉炒胡萝卜，干煸洋芋片，再煮个白菜汤，今晚就这么安排了。王二盘算着。大伙自然就分好了工，洗菜、切菜、烧火、摆桌凳、拿碗筷。王二的手艺不错，柴火饭把握得恰到火候，米汤浓稠，锅底透出微微的焦香。苍伯把应急灯挂在屋顶，圆圆的像个灯笼，透着祥和的气息，五个老朋友围坐在一起，酒斟上，边喝边聊。两菜一汤盛在三个小盆里，五花肉呈瓦片状，与油亮的胡萝卜片彼此相拥，相得益彰，洋芋片特立独行，只用了油盐辣椒便成为米饭的良伴，白菜汤主打一个清爽，酒足饭饱后喝上一碗，将肚子里最后一丝缝隙填满，畅快、满足。酒永远是打开话匣子的钥匙，平时木讷的李石匠这会儿嘴皮子也利索了，一个家没人统筹安排可不行，要不我们每月交点生活费给王二吧，他会过日子，做菜又好吃。大伙拍手叫好，苍伯也说，对对对，交给王二，咱们就等着有热饭热菜吃了。他知道没有比王二更合适的了，会理家、会做菜，再说，身体小恙，在家休养，适当做点家务，两全其美。王二也没推脱，只说不用交钱，你们散集时，带点便宜贱卖的大米、肉菜回来就行，这样省钱些。说话间，王二就已走马上任了，掰着手指细数起近期要置办的东西来。老鼠药、杀虫剂、苍蝇贴，这是必须要的，再买袋水泥，买些四季豆、黄瓜、辣椒应季的种子，等陈三哪天空了，我俩弄点土来，砌个小园子，一半种花、一半种点小菜，等上两个月，咱就有现成的蔬菜吃了。王二的计划，陈三率先响应，要买的东西明儿我就买回来，说着又起身指着巷子口的两侧说，我要在那儿种上两排花，种牵牛花、四季花、野百合、太阳花，它们不娇气，好养，又耐看。喏，前面有个堆杂物的小木棚，可以整理出来做个菜园子，二哥，你放心，我来收拾，过几天，你就准备播种吧。苍伯、李石匠、张木匠彼此看了看，神情有些恍惚，仿佛回到了那个藏在心底的村庄，花草、瓜果伴着泥土的清香在夜色中飘荡，故去的亲人似又重现，那些流传已久的乡间故事似乎又有了新的动向。

王二不负众望把家里布置得干净整洁，早餐和晚餐也安排得井井有条。陈三也没说空话，忙里偷闲地，让这条巷子有了基本的姿态，起码，这数十米的巷子口，看上去除了规整，还多了些田园气息。巷口的两边各砌了十米长半米宽半米高的小花池，里面栽了些只有陈三能说清的花苗。往里走，原本堆放杂物的小木棚已被拆掉、铲平，同样用砖头砌了半米高的墙，顶上还用砍成三角形的砖砌了两层，像镶了一圈镂空的花边，里面的土是从河岸边背来的黑色腐质土，土肥，松软，像铺了床厚厚的棉被，覆盖着关于播种收获的美梦。

生活相对稳定下来。每天苍伯和陈三仍然四处赶集，李石匠和张木匠则需要守株待兔，有主顾联系，三五天或小半月的生意就有了着落，没活的时候他俩也不闲着，在家里跟王二操持家务，整理巷子的卫生，侍弄花草菜园。等这些也干完，他俩就会不约而同地在巷子里四处转转，李石匠喜欢看每家每户的门槛石，看偶尔出现在大门两侧的石狮子，他与石头打了一辈子的交道，对石料了如指掌，一眼就能知晓这石头的来源，从石狮子的形态也可猜测出出自小城里哪一路石匠之手。小城的石匠南北各自为伍，南边石匠性子多躁，刻的狮子神态凶猛，为辟邪、镇宅所用，北边的石匠性柔，雕刻以细腻见长，刻的狮子注重细节，会饰以铜钱、元宝，为招财进宝所用。巷子里的石狮子只有两三对，因为主人常年的抚摸、坐压、把玩，头顶泛光，已不见毛发的纹路，面容也有些模糊，早丢失了守护者的威严。他忍不住摩拳擦掌，想凭借自己的技艺，让石狮子重振雄风。张木匠爱琢磨木料、木工，巷子里那些看起来坚实、完好的木楼是他的乐园，雕花的木格窗、彩绘的檐柱和设计巧妙的香火龛，在他眼里都是宝贝，他不忍它们被尘埃覆盖，被蛀虫侵咬。一遍遍地打扫、喷杀虫剂、刷桐油。他试着用纸笔将窗户、檐柱、香火龛的各种雕花、描绘和设计记录下来，甚至想要由此优化、演变或者自创出更丰富的木雕内容。无论是石刻还是木雕，在王三看来都很有趣，他乐意给他俩打下手，帮他们在巷子里找现成的废料来进行创作、练技。晚间，苍伯和陈三也会参与进来，陈三脑筋活，某日，他对着一对石狮子发了半天呆，突然拍了拍李石匠，你呀，别愁没活做，生活费难赚了。你去找石料，做巴掌大小的狮子，现在满街都是读书人，买回去做镇纸用多好，要不，就当是个摆设放在家里镇宅也很特别呀，再说你还可以做点擂钵，我们帮你拿到集市上去卖，这可是家家都需要的。这主意听上去不错，李石匠心里一下子变得亮堂。张木匠也竖起耳朵等待着，他也希望在满足个人爱好的同时，还能增加收入。陈三说，张木匠，现在不是很多人喜欢中式装修吗？你这雕花的木格窗往墙上一挂，那味就出来了。这一提醒，张木匠茅塞顿开，对对对，这窗户做中式沙发的背景墙就不错，挂在走廊尽头处也好看，还有，这彩绘的檐角搁在客厅与阳台连接的门框角上也适合。集思广益，苍伯似乎也想到了妙招，凑过来跟张木匠说，那香火翕估计只有乡下的还在用，你把你做的香火翕拍个照片再印上你的手机号，回头我和陈三拿到集市上跟人宣传宣传，这乡下的集市可是一传十十传百，一个月下来，你放心，你准能接到生意。张木匠一听，喜出望外，下意识地摸了摸包里的手机，仿佛那些暗藏着对神灵、祖先敬畏和对未来有着无限憧憬的电话已经跋山涉水奔涌而至。王二坐在角落里一言不发，他为李石匠和张木匠拓宽了生财之道感到高兴，但也为自己不能挣取生计有些黯然。他摸了摸自己的胳膊，无可奈何。陈三的药酒不错，喝了半月，确有好转，但想要扛起上百斤的货物也还是无能为力。他一个人趁大家外出时，背着背篓去试过，有主顾过来，他最先关心的不是路程、价钱，而是货物的重量。可事实上，他的极限，大概就只有五十斤的重量，面对使尽全身劲也无法撼动的重物，他抱歉而羞愧地跟主顾摆了摆手，转身离去。他不敢再去尝试，担心摧毁还能为大家做饭的这点价值，害怕彻底成为这个新成立的家庭里的累赘、寄生虫。

苍伯当然是最懂王二的,在小城里结交的第一个朋友,睡过一张床,分过一张饼,困难时相互接济,收入盈余时又不忘肩靠肩地喝酒吃肉。苍伯走到王二身边,紧挨着坐下,我倒有个主意,你听听看,你就在家做饭,多做些,也不用担出去卖,你只管跟你从前一起背背篼的兄弟知应一声,外面盒饭十五块一份,你卖十二块,还管饱,你在这儿帮他们省钱,他们会不来?再说,米呀菜呀肉的,你开清单,我和陈三保证物美价廉地给你买回来。王二知道他那帮背篼兄弟都恨不能把一分钱掰成两半来花,就算跟他素不相识,也不会错过一餐能省两三块钱的好事。一想到坐在家里就能挣到钱,王三欣喜不已,连连称好。

日子有了奔头,大伙都精神起来。苍伯和陈三因为多了推销石狮子、擂钵和香火龛的任务,每天早早就起床赶集去了,李石匠做的石狮子栩栩如生,擂钵用的青岗石,结实、耐用,在集市上备受关注,每天总会有主顾买走一两个,当然香火龛询问的人也不少,尺寸、大小、安装、价格,问得仔细详尽,也有性急果断的,在简单交涉后直接交了定金,约定了取货的时间。比起来,雕花窗的售卖就更为简单,张木匠拿着做好的雕花窗,在建材市场里转悠了两圈,不少人上前询价,有一个卖中式屏风的老板很感兴趣,索性要了他的电话,商量在店里帮他售卖雕花窗,抽取点劳务费,省时省力,何乐不为呢?

生意越来越好,李石匠和张木匠干脆把相邻的几幢房子也收拾出来堆放材料,作为工坊。张木匠甚至还用边角木料拼凑着做了几块牌匾,木工、石铺、理发店、酒馆、饭店,黑底金字,挂起来,让大家各自为政,整条巷子一下子变得鲜活,明明只住了五个人,却像集市,像回到了被人们遗忘的从前。

王二的盒饭,有了苍伯和陈三做采买,倒也不算辛苦。没有冰箱,他只接受预订,他那帮背篼兄弟太了解他的为人和厨艺了,毫不犹豫,十来个人一下子就付了半个月中餐和晚餐的钱。王二也心细,恰逢酷暑,提前煮了凉茶晾着,又在隔壁的房间里铺了几面席子,供兄弟们休息。吃饭也不用纸盒,就用碗筷,三荤三素,隔三岔五地还不忘加个肉菜,添点水果。来巷子里吃饭,兄弟们都觉得自在,有说有笑的,像回了家,饭菜随添,吃完了还能打个盹儿。他们常常在放下碗筷,打了个饱嗝后,躺在席上有些担忧地说道,二哥,像你这样做买卖怕是要亏钱哦。王二倒有些不好意思地笑了笑,有赚的,全靠你们帮衬。

事实真是如此,背篼兄弟们常常会带来新的主顾,也不尽然是来吃饭的,也有专程来找苍伯剃头修面的,来买陈三药酒的,或者跟李石匠、张木匠定制物件的。天气酷热,整个小城都像装进了蒸笼,苍伯和陈三舍去了远的集市,只赶近处的集,午饭前就往回走,在巷子里坐等上门的生意,日子很是惬意。

每天人来人往，巷子里热闹而欢乐。常常在某一刹那，苍伯会对着菜园里垂吊的南瓜发呆，会对着巷子路口盛开的月季出神，会在大家嬉笑声中，感激半年前王二的到来，生活因此有了一个新的开始。麻巷子像是"大桥下"身披的一件外衣，让他们得以重温昨日，手牵着手相互扶持，努力生活。若是半年前，苍伯孤身住在麻巷子唯一的理由只是省钱，他随时做好了离开的准备，但现在，他舍不得，他知道巷子里四处写着的"拆迁"二字就是个紧箍咒，平素感觉不到它的存在，但只要在街上看见那些穿城管制服、处事果决的男人，就会不自觉地恐慌，会害怕眼前的好日子突然终结，害怕他们离散分别，重又孤苦地奔波在小城的各个角落。

因为知道总有道别的时候，苍伯很珍惜大家住在巷子里的每一天。还未入秋，就已开始盘算着要过一个特别的中秋，往年，他们只能在街头感受到中秋的团圆之意，蛋糕店门口摆放的精美的月饼、酒店前喜庆的广告牌、家人同行时彼此脸上幸福的笑容。他在蛋糕店前曾徘徊许久，还是做不出买月饼的决定，那个小小的饼，独自吃，他担心品尝不出它的香甜。他暗自计划着，等到了中秋那天，他提醒李石匠和张木匠早点收工，接着和陈三背着背篓去菜场买了两只鸡、两只猪脚、两斤五花肉、两斤豆豉、三斤魔芋豆腐、四块老豆腐。菜园里还有辣椒、黄瓜、南瓜、白萝卜什么的，两人合计也差不多了。于是从菜场转到街上的蛋糕店和水果店，称了八斤月饼，各种口味都挑了点，随后，又精挑细选了二十个红通通的大苹果，苍伯心里有数，加上背篼兄弟，他们整整二十个人呢。往回走时，两人的背篼也装得满满当当。晚饭，比平时丰盛很多，魔芋辣子鸡、萝卜炖猪脚、豆豉回锅肉、凉拌黄瓜、青椒肉丝、麻婆豆腐、蒜泥白菜、素南瓜，盛在一个个小盆里。因为人多，苍伯又坚持要围在一起，索性在巷子中间的地上铺了一大张塑料布，将菜盆直接摆上，大伙席地而坐。陈三也不忘给大家斟酒，这过节呢，都喝一点。苍伯也附和，对，都倒上，就算不能喝酒的，也要抿一口。背篼兄弟们高声地应着，喝，必须喝呀。酒杯举过头顶，想说的话都浓缩成两个字"干了"，这些已不再年轻的男人，背负着家庭生活的重担、对子女学业的托举以及对父母还未尽到的孝道，心里的苦藏都藏不住，在酒精的作用下，反复地表达，一再地倾诉，还未等到月亮升起，个个都已热泪盈眶。苍伯、王二、陈三、李石匠、张木匠，他们哥儿五个，在这世间也没有了必须要尽的义务，便是王二、陈三、李石匠仅有的对子女的牵挂也显得有点一厢情愿，他们对过去不纠结，对未来也坦然、从容。五个人彼此看了看，那些走过的曲折和难以言说的情感仿佛都盛进了酒杯里，端起来一饮而尽，一切尽在其中。

酒足饭饱之后，背篼兄弟们还在勾肩搭背、互诉衷肠，苍伯他们哥儿五个起身默默地收拾了碗筷。他们给每人面前的塑料布上，摆放了一杯茶、一个月饼和一个苹果。应急照明灯已挂了出来，有飞蛾在灯影里扑棱着，月亮似高挂的银盘，满地银光，这些受尽皮肉之苦的男人仿佛卸下了千斤重担，说着一些连自己都不相信会实现的愿望。除了苍伯，没有人会意识到大家正在提前演练一场告别。来来，咱们也学学城里人吃饼赏月，还有这苹果，听人说是有平安的意思，富贵在天，咱们就求个平安。酝酿已久的场景终于到来时，苍伯却是有些紧张，说话时声音都有点发抖。直到背篼兄弟们乘着月色尽兴离去，直到关掉应急灯，他们哥儿几个各自上床休息，苍伯都不敢再开口说话。

之后，苍伯时常留意巷子口，提防着不速之客的到来，他因此心事重重，会在饭桌上大家谈笑风生时，突然转过身收起笑容，面露落寞的神情。

但事实上王二才最为敏感，他一直关注着周围在建的房屋，速度之快，眼见着高楼封顶，主体工程完成，绿色的防护网也陆续拆除。他内心开始不安，好几次趁着大伙午休时，溜到周围的工地转了转，跟工人打听，可惜工地没有出现他所期盼的资金链断裂、工人怠工的问题。大楼里已经在安装门窗了，室外也在凿平地面。他知道入了冬，应该就会刷外墙、做绿化、添置休闲设施了。不出意外，春节前这里就会改造完成。再往后，他不敢细想，叹了口气，仓皇逃离。

当然，苍伯和王二的担心也不是多余的。入冬后不久，有几个陌生的男人突然出现在巷子口，他们衣着讲究，抱着手臂朝里打量着,还交头接耳地在说着什么。因为天冷路滑,远一点的集市,苍伯和陈三已经跑不动了,他们就在家给王二打杂,顺便做点上门生意。此时,苍伯正在巷子里扫地,陈三在浇花,王二在菜园里摘菜,他们相互看了看,不由自主地走到一起。苍伯挺直了腰,打起精神来,他等着那些人靠近,暗想,若是要撵他们走,他们走就是了,若是要骂他们、砸他们的东西,甚至打他们,他们可都是老胳膊老腿的,跑不动,还说不出理,如何是好?陈三和王二心里已七上八下,不清楚来者何意,目不转睛地盯着对面。冬日的风说起就起,一阵风刮过,从工地上飘来的尘土凌空轻舞,巷子口的那几个男人立马弓着腰捂着嘴,少顷,转身离去。

晚上,等张木匠回来,他们开始商量,这里不是久居之地,虽说住一天赚一天,但也该是想想退路的时候了。还在说着,李石匠也回来了,这入了冬,气温骤降,对老人们是一次集体挑战,很多老人一败涂地丧了性命,李石匠根本忙不来,他已经好多天没回巷子了,他走乡串寨,用低廉的价格去与机器竞争,在寒风中,隔着床被子,趴在冰冷的石碑上一刀一刀地刻着自己的温饱。李石匠的神情不由得紧张起来,不敢相信他们很快就要离开这里。要不,我们去麻二的茶馆里坐坐,他主意多。也不知是谁这样提议,哥儿几个都表示赞成,迫不及待地去了茶馆。

麻二仔细问了下巷子口出现的那几个男人穿的是什么衣

服，多大年纪，琢磨了半天，用极为轻松的语气说道，估计是县里的领导，要不就是附近工地上的管理人员，也别太担心，要是真让你们搬，一时找不到地方的话，就先到我这里凑合，别看我这茶馆不大，晚上把桌椅收拢，铺个十来人睡的大通铺是绝对没问题。麻二三言两语安抚了大家焦躁的心情，想着在这小城，再不济，还有这么个落脚的地方，大家便觉得心里踏实了很多。

不出所料，没过几天，就来了一位自称是社区负责人的刘主任，五十左右的样子，风风火火的，还隔着数十米，就听得如滚雷般的声音，哟，还真是，这里还真住有人。王二正在菜园里摘菜呢，一下子直起身来。天哪，这南瓜都有磨盘大了，养得不错。刘主任的声音听上去柔和了些。王二有些木然，不知如何作答。好在苍伯和陈三也赶了出来，我们几个都是无家可归的人，暂时住这里，这天冷，要不要到屋里烤烤火？苍伯不卑不亢，像在跟熟人唠家常。刘主任没有进屋，绷着张脸，站在门口亮明身份，简单说明来意。如果不是前两天县里边的领导打电话过来，我根本没想到这都搬空的巷子还有人来住，搬，你们肯定得搬，这里都是木楼，你们还在这儿烧火煮饭，要是酿成火灾，那可是不得了的事。刘主任表情夸张，说得义正词严。王二赶紧解释，我们烧火煮饭是用土灶，平时也很小心，火灾倒不会发生，现在都快到年关了，怕房子不好找，但您放心，最晚过完年，我们就搬。刘主任的表情肉眼可见地失去了耐心,正要发火。苍伯搬了两条凳子出来,请刘主任就座,随即陈三又端了杯茶送上。陈三满脸堆笑着说,我们是想到这房子空着挺可惜的,才住了进来,我们马上去找地方,找到了就搬。你要相信我们,都几十大岁了,不说空话,我们会尽快搬的。苍伯也郑重地承诺道。刘主任的表情缓和了些,唉,这里确实是空了段时间,平时也没人管,说实话,有人住还干净些,但上面领导既然提醒了,我们也不能违背,找到房子就赶紧搬吧。好,好。苍伯他们不住地点头。此番对接,没有苍伯想象的凶险,估计也没有刘主任预测的难缠,没有暴力驱赶,也没有撒泼耍赖,简单明了地达成了统一。刘主任四处环顾了一下,起身往回走,想想又回头补充道,如果你们搬之前有人过来问起,你们要说我——街道的刘主任已经通知你们搬了,这周围的房子已经建好,上面的领导可随时都会来检查,说不定又会走到这里来,所以,尽快搬吧,千万别惹出麻烦。

  刘主任走后,大伙开始慌乱起来,做什么都觉得没有头绪。尤其是苍伯,他在巷子里来来回回地走了十几回,他舍不得与兄弟们分开,也舍不得这条巷子,这是他住得最久的地方,目之所及都有回忆。他至今还记得第一次走进巷子里的情形,恰逢有人家正张灯结彩,办婚嫁喜事,唢呐吹得欢天喜地,一条街的人都在齐心协力地忙碌着,总管将他和旁边的几个男人顺手逮住,你们几个去把大锅上的蒸笼抬出来吧,随后，他不自觉地加入了酒席置办的队伍。那一晚，他和主人家、总管还有这条街里几乎所有男主人都喝了酒，喝得很畅快，没有人置疑他就是巷子里的一员，在之后的相处中，他们彼此都以兄弟相称，他在这里找到了从未有过的归属感。现在，这些回忆将再没有现实可承载，他不住地摇头、叹气，背篼兄弟们也明显察觉到异样，苍伯没有遮掩，说起巷子口突然出现的那几个看上去别有居心的男人，说起早上来访的刘主任。背篼兄弟们听了不以为意，这没啥好犯愁的，就搬去我们那里挤挤，也别太念旧，早年的钟楼、书阁，建得多好看，不也说拆就拆了吗？是呀，哪里不是住？再说，还没搬呢，就提前在这儿难过，实在不划算。反正都要搬，咱不如看个好日子，摆桌酒菜，高高兴兴地搬。大伙你一言我一语地谈论着，陈三拿出日历，戴上老花镜琢磨着。一月二日宜搬家、宜破土，吉利。那就元旦那天咱好好生生喝顿酒，一月二日一早起来就搬。好哇，也就七八天的时间，不耽误。大伙谋划着，元旦这一天可要过仔细了，是在这巷子里生活的最后一天，也是新年的第一天，要当作春节来过。

接下来趁着每晚的闲工夫，大伙准备材料，各尽其能。张木匠和李石匠用篾条和匹纸，糊成形状各异的灯笼，李石匠还用毛笔在灯笼上描上梅兰竹菊，写点风雅的吉祥话。陈三用红纸剪出一个个大大小小的福字。王二和苍伯则开始做风干肉、炸酥肉、蒸扣肉。晚上，背篼兄弟们吃过晚饭后围坐一起欢声笑语，久久不愿离去，整条巷子都弥漫着节日的气氛。

　　终于，到了元旦，喜庆又充满着伤感的日子。他们早早起床，把巷子打扫了一遍，地上的石板路被冲洗得油亮发光，店铺上挂的牌匾也尘埃除尽，每一幢楼的大门都贴上大红的"福"字，他们努力让这条面临消亡的巷子恢复到从前的模样。菜园里的蔬菜摘了个净，灶膛里的火苗欢欣跳跃，午饭草草吃过后，大伙开始准备丰盛的晚餐。他们按照年夜饭的标准来做，打糍粑，推豆腐，做八荤二素一凉一汤。当然，天寒地冻的，不可能再将饭菜摆在地上，大伙席地而坐了。等饭菜快做好时，李石匠找了些砖块当桌腿，直接将做菜的案板架上就成了桌子。凳子就更简单了，一人两块砖叠起来就成。背篼兄弟们开始摆碗筷，斟酒。窗外天色尚早，竟也不时能听到烟火燃放的声音，张木匠和李石匠没忘记那一堆做好的灯笼，担心火灾，他们用半人高的细竹把灯笼支起来，插在装满泥沙的小桶里，摆在巷子中间，想等着饭后再点上红蜡烛。灯笼摆好，里屋也在喊着开席。十二个菜装得盆满钵满的，二十个人围得满满当当，个个脸上都满面红光，土灶上还烧着水，屋子里流淌着暖意。还等啥呢，喝。苍伯端起酒杯来，想说的话很多，却无从说起。喝。大伙起身，也从肺腑里迸出同一个字，仿佛这个字成了彼此心意相通的密码。酒一下肚，很多话就不由得涌上来，一开始还是大家聊，说着说着，就是相邻的三两个搭肩，附耳，划拳，苍伯很享受眼前的场景，但带着对这条巷子的离愁别绪又难以真正地融入其中。他悄悄地起身走到屋外，想独自在巷子里走走，他是这条巷子最后的主人，他见过它最热烈、丰饶的样子，容纳着世俗烟火、人情冷暖。现在，小城里四处高楼林立，他依然钟爱这条面容苍老、将要被时代遗弃的巷子。天色渐暗，他把七八盏应急灯打开挂成一排，又把灯笼挨个点上红蜡烛，明晃晃的一溜儿，像立了一队的哨兵，巷子被照得恍如白昼。走到巷子口，他听得有脚步声，接着，那位姓刘的社区负责人急匆匆地奔了过来。唉，你们怎么还没搬，还敢在这里点灯，我刚接到通知说今天市里有领导过来检查全县棚户区改造工作，县领导作陪，要是走到这里来见着，可是没法交代了。刘主任着急忙慌的样子，苍伯的思绪被打乱，正要解释。刘主任又自顾说道，现在的领导可不分白天夜晚，说不定饭后散步，就来个微服私访，唉，你们这，唉。苍伯连忙安慰道，放心吧，东西都收拾好了，明天一早搬，大伙就是想在这巷子里热热闹闹地吃最后一餐饭。刘主任听后，心情稍微平息下来，往里走了几步，里边传来大伙嬉闹的声音，间或能听到有人在唱山歌，接着，越来越多的声音跟着唱了起来，带着时光的旷远、大自然的气息和酒精的浓烈，歌声粗犷、豪放。苍伯不由得也跟着哼唱起来，许多年前，他们在大桥下对着滚滚的江水也这样唱过，唱的山歌曾在小城里广为流传，但出自他们口，歌声中有汗水，有苦难，有不屈，又多了几分辛辣和奔放的味道。这一刻刘主任似乎也沉浸其中，静静地站在巷子中间，不曾察觉到身后来客。

这，唉，这。声音急切，语无伦次。刘主任回头一看，吓得赶紧躲到边上。说话的男人哈着腰，急得满头大汗。站在中间的男人戴着眼镜，也不言语，径直往里走，另几个男人神色凝重，紧跟其后。苍伯心里一紧，担心惊扰到正唱得兴起的兄弟们，扫了大家的兴致，但那几个男人只是静静地在巷子走了个来回。风景这里独好哇，虽然下午的汇报中你们没提到这巷子的改造方案，但现在一看，既保留了巷子原本的模样，又展现了原生态制作的工坊，这很有想法，你们听，这山歌多让人沉醉，这才是生活。好一会儿，戴眼镜的男人往回走时如是说。仿佛一块巨大的石头落了下来，刘主任朝苍伯笑了笑，刚刚还急得不知所措的男人也不由得挺直了腰杆。

苍伯再回到酒桌，没有人发现他曾离开过，也没有人知道刚刚他们幸运地避开了可能会有的驱逐、责骂。苍伯如释重负，端起酒杯，与他那些患难与共的兄弟干杯，那些只能彼此交付的心事全都在酒里、在歌声里、在各自的眼睛里。